打工勇者

06 A work brave

contents

戰爭日 01
動亂的雷莫

月光從牆壁的破洞射入房間，照亮了闖入者的身影。

來者正是魯爾．庫布里克——掛著公爵頭銜，傳聞中已經成為王級魔法師的老人。

被庫布里克公爵的靈威所影響，里希特的身體變得僵硬，就連思維也近乎凍結。

這就是靈威壓制。

當兩名魔法師彼此對峙，一旦彼此之間的爵位差距在兩級以上，就必然會出現這種現象。就算差距只有一級，低階者的動作與反應也會變得異常遲鈍，最多只能發揮出一半的實力。

庫布里克公爵是王級，里希特是侯爵級，這場戰鬥的勝負從一開始就注定了。庫布里克公爵根本不需要出手，光靠靈威就足以制伏里希特。所以，里希特在之前就準備了反制的策略。

既然知道此行有可能面對王級的敵人，他又怎會不事先做好準備？就在感受到庫布里克公爵靈威的那一剎那，里希特就啟動了他的底牌——魔操兵裝。

魔操兵裝之所以珍貴，不只是因為它能大幅提升戰鬥力而已，最重要的是，魔操兵裝可以強化佩帶者對靈威的抵抗力。換言之，只要擁有魔操兵裝，魔法師便有了跨階挑戰的資格。

下一瞬間，閃光炸裂。

強光是魔操兵裝從容器中解放出來的徵兆，同時也有奪走敵人視力、為使用者爭取著裝時間的效果。

就在里希特穿上魔操兵裝的同時，庫布里克公爵的穹弩之型也擊中了他的胸口。砰磅一聲，里希特如炮彈般飛了出去，撞翻一大堆魔導儀器，直到撞上牆壁才停下來。

庫布里克公爵筆直地站在原地不動，巴魯希特立刻躲到他的背後。

「哼，『黑之獸』？」

見到覆蓋於里希特身上的黑色鎧甲，巴魯希特一聲冷哼。

此時里希特所穿的黑色鎧甲，正是雷莫璽劍級魔操兵裝的制式版本——「黑之獸」。

魔操兵裝的本質乃是不穩定性變異元質粒子，它沒有固定形態，會隨著使用者的意志改變外形與能力。理論上，使用者可以依據自己的戰鬥特性，將魔操兵裝塑造成最適合自己的形態。

只是，實際上很少有人能做到這點。

要塑造最適合自己的魔操兵裝，就必須長時間接觸它，讓自己的意志跟不穩定性變異元質粒子產生聯繫。但大部分的魔操兵裝都受到政府的統一管制，除非有特殊的任務需求才會發放。在這種情況下，除非是像亞爾卡斯或札庫雷爾那樣獲賜魔操兵裝，否則根本沒有人能讓魔操兵裝變形。

最簡單的解決方法，就是將魔操兵裝的外形與能力制式化——就像亞爾奈影伏部隊所使用的「金剛腕」一樣。

而里希特所穿的「黑之獸」，正是雷莫璽劍級魔操兵裝的制式版本，其特色在於防禦特化。如果莫浩然在這裡，恐怕會嚇一大跳吧，因為「黑之獸」的外形與零的「漆黑騎士」極為相似。

「竟然連魔操兵裝都帶出來了。很好，那個等一下就會變成我的戰利品了。」

即使里希特穿上了魔操兵裝，巴魯希特依舊自信滿滿。

王級與侯爵級的差異，不是區區一件璽劍級魔操兵裝就能彌補的。除非穿上皇冠級魔操兵裝，否則里希特頂多只能做到不受靈威壓制的程度而已。

「上！殺了他！」

巴魯希特一揮手，庫布里克公爵立刻發動了暴雨之型。

（他在命令庫布里克公爵？）

里希特對這一幕無比詫異。

他沒有時間思考其中的原因，因為數不清的光球正以吞沒一切的氣勢朝他撲來。每顆光球都擁有可怕的威力，一旦被擊中，就算穿了魔操兵裝也會身受重傷。

沒有閃躲的空間與時間，在巴魯希特眼中，里希特的敗亡已是必然。

但接下來發生的事情，出乎了面具老人的意料。

伴隨著強烈的閃光與爆音，密集的光之暴雨竟然被轟穿了！緊接著，一道光箭從被轟開的空隙中竄出，直擊庫布里克公爵，但在擊中目標前就被壁壘之型擋了下來。

「嘖，魔彈！」

巴魯希特低聲咒罵。他一下子就看穿了里希特的手法。

簡單的說，就是用魔彈抵銷了一部分光球的威力，然後再用穹弩之型反擊。從爆炸的威力與聲音來看，他判斷里希特大概用了三枚魔彈，而且還是威力最強的閃爆型。

「用亂渦之型！」

巴魯希特大喊，庫布里克公爵立刻應聲行動。

以庫布里克公爵為中心，房間突然颳起了猛烈的旋風。

這個魔法名叫亂渦之型，是一種用魔力攪亂特定範圍內的元質粒子分布的魔法，簡而言之，就是「干擾魔法的魔法」。亂渦之型雖然有著不分敵我一律干擾的缺點，但用來破除明鏡之型、鎖縛之型或隱密之型等魔法的話，效果絕佳。

巴魯希特猜測里希特恐怕想趁機使用隱密之型逃跑。果不其然，在煙塵被吹飛的同時，里希特那不斷閃爍、受到亂渦之型干擾的身影也立刻曝露出來。

「愚蠢，你跑不——」

面具老人的嘲笑聲突然中止了。

因為，此時的里希特正拿著一枚水晶對著他微笑。

那是封魔水晶，用來保存魔操兵裝的魔導道具。

那枚封魔水晶蘊藏著深邃的光芒，這是裡面的魔操兵裝尚未解放的證據，而里希特身上的魔操兵裝並未脫下。換言之，里希特準備了兩套魔操兵裝。

巴魯希特立刻猜出這個男人想做什麼了。

「保護我，庫布里克——！」

巴魯希特話才剛說完，里希特手中的封魔水晶立刻爆發出灼目的光芒。

那是名為大爆炸的樂章前奏。

巨大的轟隆聲撕裂大氣，巴魯希特的房子被一層半圓形的光罩所覆蓋。那層光罩不斷擴大，毫不留情地吞噬掉周圍的建築物。凡是被光罩接觸到的東西，全部都瞬間化為礫粉！

等到巴魯希特總算從強光造成的眩目狀態中脫離時，映入他眼中的，是一片令人戰慄的景象。

一片焦土。

宏偉的房屋、整齊的街道、美麗的花圃……這些只有內城區才能見到的富庶風景，已經不復存在。唯一剩下的，只有一些正在燃燒、已經看不出原來形狀的黑色物體。

「這頭瘋狗！竟然引爆魔操兵裝！」

巴魯希特咬牙切齒地低吼。

魔操兵裝並非可以隨便製造的東西，因為它的核心原料是不穩定性變異元質粒子。魔導科學雖已發展千年，但至今仍未找出不穩定性變異元質粒子的製造方法。傑洛諸國手中握有的不穩定性變異元質粒子，全是從大自然裡面挖掘到的產物。

由於核心原料稀缺，每個國家的魔操兵裝都是有限的，用壞一件就少一件，根本沒辦法補充。

巴魯希特完全沒想到對方竟然會用這一招，心中充滿了被人算計的憤怒，但那股火很快就被面具的力量壓抑住。

（那傢伙死了嗎？）

望著有如廢墟般的殘破風景，巴魯希特開始思考。

（不對，要自殺的話，根本用不著兩枚封魔水晶。他早就計畫好了，要是被庫布里克逮到，就用這招逃跑。所以他才要穿上魔操兵裝，憑「黑之獸」的防禦力，的確有可能在這種爆炸中活下來……不過「黑之獸」也會廢掉吧。）

為了從王級魔法師手中逃脫而犧牲兩件魔操兵裝，這筆買賣實在說不上划算，但若是再附上名為關鍵情報的禮物，情況就會整個逆轉過來。

（他一定注意到了吧……庫布里克竟然會聽從我的命令……）

若是里希特從這場爆炸中活下來的話，他接下來會做什麼呢？這種事連問都不用問。他一定會盯上巴魯希特，找出其中的秘密。鋼鐵獵犬的名號可不是開玩笑的，除非庫布里克公爵日日夜夜都守在旁邊，否則巴魯希特今後再無安全可言。

巴魯希特重重咋舌。

不但沒有逮到里希特，反而讓自己陷入險境，這個狀況實在太糟糕了。

（怎麼辦？）

「巴魯希特！」

巴魯希特皺眉苦思，為自己接下來該採取何種行動而煩惱。

就在這時，一道充滿怒意的吼叫聲打斷了他的思考。

巴魯希特抬頭一看，發現有一個人影正朝他飛來。能做出這種事的自然是魔法師，此人正是巴魯希特名義上的雇主——庫布里克伯爵。

「巴魯希特，這是怎麼回事！」

還沒等到雙腳落地，庫布里克伯爵便氣急敗壞地大吼，往日的貴族風度蕩然無存。

也難怪庫布里克伯爵如此失態。

這場爆炸摧毀了至少四分之一的內城區，不知有多少貴族與富人死於非命，損失難以估計。更令他震驚的是，原本應該坐鎮在城主府的公爵也出現在這裡，這表示巴魯希特也有指使公爵的能力。自己的王牌竟然會聽從其他人的命令，這叫庫布里克伯爵怎能不憤怒？

「為什麼父親會在這裡？這場爆炸是你幹的好事嗎？給我說清楚！」

庫布里克伯爵一把揪住面具老人的領子，同時釋放靈威。

庫布里克伯爵已經動了殺意。要是面具老人的解釋對自己稍有不利，就立刻把他殺掉，哪怕對方再有才能也一樣。

「……吵死了。」

巴魯希特低聲說道。庫布里克伯爵不禁瞪大了眼睛。

「你說什麼？」

「我說，你很吵。」

「你──」

「制住這個白痴。」

巴魯希特彈了一下手指。他的動作就像是一個訊號，一旁的老公爵立刻有所行動。庫布里克伯爵的四肢突然不受控制地張了開來，身體也像是被一條看不見的繩子吊起來般，懸浮於半空中。

老公爵的鎖縛之型輕易地制伏了伯爵。

「你在幹什麼？放開我！」

庫布里克伯爵又驚又怒，但他的吼叫沒有傳到父親的耳中。老公爵用混濁的雙眼看著自己的兒子，他的眼中毫無感情，彷彿眼前的男子只是一件死物。

庫布里克伯爵頓時明白了什麼，他的聲音開始發顫。

「你——不、父親，是我！我是伊莫啊！您不認得了嗎？您——不對，巴魯希特，那個，剛才是我不對……我承認我先前的口氣不太好，我向你道歉。有什麼事，我們可以坐下來好好談……」

庫布里克伯爵的語氣越來越軟弱，最後到了近乎哀求的地步。他明白眼前的形勢已經脫離了自己的掌控，因此立刻擺低姿態，爭取脫險的機會。身為梟雄，他很清楚能屈能伸的道理。

「你比阿瑪迪亞克識相多了。」

面具老人說出了前皇長子的名字，伯爵聞言心中一凜。

巴魯希特沒有理會伯爵的反應，繼續說下去。

「阿瑪迪亞克那個白痴要是有你一半懂事，我也不會落到今天這個下場。不過你也是蠢蛋，連里希特已經混進城裡都不知道。因為你的愚蠢，我的計畫必須更改了。」

「鋼鐵獵犬來了？」

庫布里克伯爵大吃一驚。里希特的凶名流傳已久，幾乎每個聽到他名字的貴族都會出現類似的反應。

「來了，但已經跟你沒有關係了。」

巴魯希特冷淡地說道。

庫布里克伯爵胸口湧起了非常不妙的預感，於是他努力控制臉部的肌肉，露出了哭泣似的笑臉。

「既、既然鋼鐵獵犬已經混進城裡，現在就不是我們內鬨的時候了。我這裡有一個提議，我們先合力捉住鋼鐵獵犬如何？那個，對了，我有一個孫女，她從小就崇拜有才華的魔導學者，過去一直要求我介紹你與她認識。庫布里克家太過封閉，我覺得該是注入新血的時候了。」

庫布里克伯爵竭力想要討好巴魯希特，甚至將年僅十四歲的美貌孫女也拿出來當作籌碼。

「不用了。」

巴魯希特用這句話為庫布里克伯爵敲響了喪鐘。

※◆※◆※◆※

這裡，是虛無的世界。

沒有光，也沒有聲音。所謂的五感，在這裡屬於無謂之物。

沒有水，也沒有空氣。但肉體早已凍結，只有意識被剝離。

就某種意義上來說，這是一種不死。

就某種意義上來說，這是一種永恆。

但是，什麼也做不了。

無法行動的身體，什麼也感知不到的意識。一般人若是陷入這種狀態，恐怕一天不到就會發狂吧。這片虛無的世界，原本就不是人類所該踏入的場所。

被囚禁在這片虛無之中的莎碧娜，任憑自己的思緒隨意飄流。

然後，想起了那個人的事。

想起了那個與自己一樣，陷入虛無世界的男人的事。

傑諾．拉維特。

跟那個男人的初次會面，是在她十歲的生日舞會上。

因為是公主的舞會，所以賓客眾多。首都裡面叫得出名號的大貴族幾乎全都來了，在不知情的人眼中，這無疑是受歡迎的證明吧。

但她看出來了——那些隱藏於貴族們的眼瞳深處、有如審視般的目光。

那種眼神不像在判斷一個人有無才華，而是像農夫在評價一塊田地會產生多少莊稼、一棵樹會結出多少果實般，是一種充滿算計的眼神。這些貴族所看到的並非是「莎碧娜・艾默哈坦」這個人，而是「血統的價值」。

是的，血統。

魔法資質是與生俱來的東西。只要魔法師彼此通婚，就有極高機率誕生同樣具有魔法資質的小孩。因此，優秀的魔法師家族會互相聯姻，維持魔法師血統的完整性。

艾默哈坦是王族，換言之，這個姓氏代表了全雷莫最優秀的魔法師血統。貴族們當然想將這樣的血統納入掌中，生出更優秀的下一代，進而攫取更高的地位與力量。

說難聽點，這些貴族的行為就像幫家畜配種一樣。

她才十歲，但已經懂得這些事了。

雖然她能理解，但並不認同。

貴族們的目光，只讓她覺得噁心。

就算他們用溫和的笑臉與華麗的詞藻包裝自己的言行，但她還是能夠感受到隱藏於面具之下的冰冷算計。

這些貴族其實可以偽裝得更好，但或許是因為對方是小孩子，所以有些大意了。他們的偽裝流於表面，以至於她一眼就能看穿。

……不，其實還有另一個理由吧。

貴族們之所以會輕視她，除了年紀以外，最大的原因在於「未來的身分」。

她有一個名叫阿瑪迪亞克．艾默哈坦的哥哥。

如果要用一句話來形容他，那就是天才。

雖然只比她大三歲，卻已經是侯爵級魔法師。任誰都覺得，這名少年將來必定可以晉升王級，戴上至尊的冠冕。他雖然個性不太好，但國家需要一個強力的國王坐鎮，否則遲早會被他國併吞。

傑洛是魔力至上的世界，力量的重要性永遠排在仁慈之前。

既然未來的國王寶座已經被阿瑪迪亞克預訂了，身為妹妹的莎碧娜自然只能成為通婚的道具——貴族們正是抱著這樣的心態，才會用那種拙劣的演技對待她。

真是噁心。

非常討厭。

雖然輕蔑這些傢伙，但她畢竟是一位自幼就接受禮儀訓練、有著良好教養的王室公主。她也戴上虛偽的面具，從容地周旋於貴族之間。

然後，她遇上了他。

「笑得好假，真難看。」

路經花園時，那名少年對她說道。

這就是莎碧娜．艾默哈坦與傑諾．拉維特的初次會面。

老實說，不是什麼美好的記憶。

當時她只覺得那名少年很惹人厭，完全不想再見到他。然而命運弄人，由於諸多偶然，兩人互相接觸的次數變得頻繁起來，關係也由一開始的敵對轉化成友好。

傑諾在貴族圈裡頗為有名。

傑諾是流星貴族，他的雙親與祖上皆是凡人，一身血統跟魔法師完全扯不上關係。貴族們一向不太看得起這樣的傢伙，因為他們毫無未來性可言，照理來說，他們不可能關注傑諾。

但，傑諾擁有兩項武器，迫使貴族們不得不正視他。

首先，是優秀的魔法資質。

誠然，論起魔法資質，整個雷莫無人能勝過阿瑪迪亞克。據說，低階貴族亞爾卡斯家也誕生了一位才華洋溢的小孩。跟那兩人比起來，傑諾的資質實在算不了什麼。

不過這純粹是比較基準的問題，如果硬要將雷莫貴族的魔法資質做個排名，傑諾說不定可以擠入上級的序列吧。這樣的資質，足以打趴大多數的貴族了。

其次，是鋒利無匹的毒舌。

傑諾那喜歡挑戰權威、遇見什麼事都要諷刺兩句的態度，讓貴族們很是討厭。偏偏傑諾的諷刺並非純粹地賣弄口舌，而是經常伴隨著令人無法辯駁的正理。再加上他的年紀又小，若是跟他認真，反而會變成旁觀者的笑柄。

究竟是什麼樣的環境，才會養育出這種麻煩的小孩呢？

「我爸媽都是學者，他們經常吵架。」

有一天她忍不住發問了，而他這麼回答。

意思就是，這是家庭環境的影響。

她真想見見那對父母是如何吵架的。

時光流逝。

兩人的交情與日俱增。

「我不想成為政治婚姻的道具。」

——有一天，她對他這麼說。

「不可能，除非妳成為王。」

——然後，他這麼回答。

「你覺得我做得到嗎？」

「這個嘛，妳前面那座山可是很高的喲。不過只要努力，總會有辦法吧。」

「你願意助我一臂之力嗎？」

「……聽起來很有趣，我就捨命奉陪吧。」

就這樣，兩人締結了約定。

在大人眼中，這或許只是小孩子的戲言，但當事人卻對此無比認真。

證據就是，她挑戰了晉升儀式。

魔法師的資質並非不能改變。只要透過特殊儀式，並消耗大量資源，理論上確實能夠提升一個人的魔法資質。但這種作法的風險極大，一旦失敗，重則喪命，輕則變成廢

人。最大的問題是成功率，往往一百個人裡面，晉升成功的只有一個。

她在他的看護下，秘密挑戰晉升儀式，然後奇蹟似的成功了。

至此，她終於有了與自己的兄長競爭的資格。

當她開始對外顯露自己的光芒後，有不少貴族被她吸引，並且願意押注在她身上。

說實話，阿瑪迪亞克雖強，但很難期待他成為一個好國王。

或許是從小就倍受寵愛的關係，阿瑪迪亞克有著非常明顯的自我膨脹傾向。他專斷獨行、自以為是，不容許別人指正他的錯誤。想要的東西就一定要得到，得不到的東西就親手摧毀。

支持阿瑪迪亞克的貴族喜歡用「霸氣」這個詞來形容他，但在有識之士眼中，阿瑪迪亞克只是一個長不大的小孩。不過有人就喜歡這種空有力量、沒有腦子的國王，這樣操縱起來更加容易。

以前貴族們大多是因為無從選擇，所以才會支持阿瑪迪亞克。然而現在多了一位競爭者，情況就變得不一樣了。

她的勢力逐漸變強。

對此，阿瑪迪亞克一系不可能坐視不管。

阿瑪迪亞克一向瞧不起自己的妹妹，所以沒有出手，但他的支持者卻樂意代勞。阿瑪迪亞克的支持者用盡各種手段對她進行打壓。

如果她只有自己一人的話，恐怕早就被擊垮了吧？在傑諾的幫助下，她一次又一次地擋下了阿瑪迪亞克一系的壓力。對方的計策每失敗一次，外人對她的評價就更高一分。

……但，世事不可能永遠順利。

阿瑪迪亞克一系策劃了一場秘密刺殺，整個行動滴水不漏，她險些就死在這場刺殺之下，最後還是傑諾幫她擋下了致命的一擊。

傑諾沒有死，但身受重傷。

「哎呀哎呀，這次可真悽慘。不過接下來，運勢將倒向我們這邊囉。」

他躺在床上，用跟平常沒兩樣的語氣如此說道。看著渾身包滿繃帶的他，她感到一陣心痛。

「妳兄長那邊也快到極限了。他們的勢力雖然比我們大上十倍，但派系糾紛的激烈程度卻是我們的百倍。只要利用這場刺殺故意示弱，再暗中挑唆，他們必定會像爭奪骨頭的野狗一樣互咬，我們可以吸納那些落敗者，趁機壯大自己。」

她接受了傑諾的建議，他的判斷很少出錯。

傑諾的預言很快就實現了。

阿瑪迪亞克一系果然開始內鬥。他們認為阿瑪迪亞克的上位已經不可阻擋，接下來，就是誰能成為最大獲利者的問題。為了搶奪最大也最美味的勝利果實，他們開始致力於排除同伴，其手段之激烈，更甚於對付外敵。

如果阿瑪迪亞克出面鎮壓的話，這些派系或許會安分一點。但阿瑪迪亞克不是那種會關心部下是否團結的人，他唯一在乎的只有自己。

就這樣，原本站在阿瑪迪亞克那邊的貴族，慢慢流向她這邊。

優秀的人才也逐一加入。

年輕的天才——英格蘭姆．亞爾卡斯，他認為阿瑪迪亞克一系毫無銳氣可言，阿瑪迪亞克本人也不是一個優秀的君主，因此決定投靠她。

赫伯特．札庫雷爾，在軍隊中擁有極高聲望的勇將，原本打算保持中立的他，父親被投靠阿瑪迪亞克一系的政敵陷害。他在接任家主後，不顧底下眾人的反對，決定將整個家族的命運都押在她身上。

麥朗尼·里希特，擁有優秀的才能，卻也因為本身過於出色而遭人打壓，遲遲無法出頭。他判斷就算投靠阿瑪迪亞克一系，只會跟以前一樣過著碌碌無為的日子，因此向她宣示忠誠。

就這樣，她的勢力迅速膨脹。

傑諾的地位一下子就縮小了。

無論在哪裡，派系之爭都是存在的。在位子不夠的情況下，新人想要上位，就只能把舊人踩下來。

傑諾因為受傷的關係，魔法實力大不如前，正是最好的踏腳石。傑諾的智謀雖高，可是在這個魔力至上的世界裡，有些東西就算有再高的智謀也彌補不了。

但她不允許。

傑諾是她最信賴的人。

「這麼做才是正確的」——哪怕她的理性如此呢喃，她的感性也絕不同意。

就算新人對此感到不滿，也無法改變她的決定。

她要保護傑諾，哪怕自己無法當上國王也一樣。

——然後某一天，傑諾消失了。

※◆※◆※◆※

「莎碧娜‧艾默哈坦，別來無恙？」

討厭的聲音打斷了回憶。

莎碧娜覺得很不愉快，但若是她將這種情緒表露出來，對方一定會非常高興，因此她決定暫時保持沉默。

「怎麼了？不想說話嗎？也對，現在的妳什麼都做不到，頂多只能用這種小手段反抗我了。真是可悲啊，想不到大名鼎鼎的銀霧魔女，也有這麼一天。哎呀，痛快，真是太痛快了。」

巴魯希特講話還是一樣惹人討厭。雖然知道對方是故意為之，聽而不聞才是最好的作法，但莎碧娜還是忍不住反唇相譏。她本來就不是那種任人挨打的個性，否則當初也不會挑戰自己的兄長了。

「哪裡，我還比不上你，至少我還沒有落到戴著面具才敢見人的地步。」

「嘿……不錯嘛，竟然還有心情諷刺我。看來妳的精神還沒有被擊潰，這樣我就放心了。好不容易到手的玩具，要是一下子就玩壞掉，那就太可惜了。」

巴魯希特發出了「庫庫庫」的笑聲。那樣的笑聲相當噁心，莎碧娜覺得自己的背部像是有蟲子在爬一樣。

「不過，妳能逞強到什麼時候呢？我聽得出來哦，妳的聲音裡面透露著恐懼。被關在什麼都沒有的世界，很恐怖吧？很孤獨吧？很寂寞吧？不過，這是妳的錯呀。誰叫妳跟傑諾做了那種事呢？妳就在虛無的世界裡好好反省，直到發狂為止吧。」

巴魯希特的遺詞用字膚淺直白，就像是出自幼童之口的嘲弄言語。莎碧娜知道這是對方刻意為之，目的就是為了挑起自己的不快。對此，她的回答也是簡單明快。

「跟傑諾一起擊潰你的野心，是我做過最正確的事。」

這不是謊言。

巴魯希特的野心若是實現了，其危害足以摧毀雷莫，就連其他國家也無法倖免。雖然莎碧娜沒有當救世主的想法，但既然火源就在自己身邊，就得想辦法撲滅。

「呵，『跟傑諾一起』是嗎？好一個相親相愛的宣言。不過那個男人現在又在哪？嘴巴說得漂亮，最後還是把他捨棄了不是嗎？把戀人關進虛無的世界，妳表達愛情的方式可真特別。唔……還是說，其實妳已經有別的男人了，嫌那傢伙礙事才這麼幹？那我可真要誇獎妳了，賤人。」

巴魯希特說完還低笑兩聲，話語中的惡意濃稠到令人窒息。被人如此辱罵，任誰都會憤怒的吧。

「別白費心機了。我絕對不會說出任何你想知道的事。」

「哼。」

虛空中傳來巴魯希特的咋舌聲。

莎碧娜知道自己猜中了，剛才巴魯希特果然是在套話。

雖然外界盛傳傑諾已死，但莎碧娜知道，巴魯希特絕對不會相信的。因為他才是最希望傑諾死亡的人，也是唯一一個可以因為傑諾之死而獲得「某種利益」的人。

巴魯希特雖然可以感知傑諾的生死與否，但是由於虛空封印的妨礙，他找不到傑諾的正確位置。所以他才會像現在這樣千方百計地激怒莎碧娜，試圖問出有關傑諾的情報。

「……看來，我還是太仁慈了。像這樣三不五時就找妳說話，說不定對妳是一種救贖。就讓妳在虛無世界裡好好待上一陣子，直到妳受不了的時候再說吧。或許到時妳為了聽人說話，就連我的鞋子也肯舔呢。」

「無聊的妄想。」

「態度挺強硬的嘛。我說妳呀，該不會還抱著有人會來救妳之類的無聊幻想吧？不可能的。就老實跟妳說吧，不久之前，我打死了一頭喜歡到處亂嗅亂吠的瘋狗。」

莎碧娜心中閃過某個人的名字。

「麥朗尼．里希特──那條狗好像就叫這個名字呢。聽說他是妳養的？真是不好意思啊，誰叫他連聲招呼也不打就突然竄出來呢。這種沒有教養的狗，根本不應該活著，妳說對吧？」

莎碧娜沒有回答。

這可能是用來激怒她的謊言，沒必要跟著對方的指揮棒起舞。

若是真的，她更不能開口。因為她沒有把握能夠在話語中隱藏自己的激動與憤怒，但那只會讓面具老人更高興，她不想做出任何會讓對方覺得開心的事。

「……嗯？沒反應？妳不會以為我在騙妳吧？可惜呀，沒辦法把那隻狗的屍體拿給妳看。」

巴魯希特說完嘆了一口氣，似乎真的覺得很遺憾一樣。

「那麼，今天就先這樣了。妳期待的援手已經少一個了，下次見面，我會帶著更多好消息過來的，妳就慢慢期待吧。呵呵，嘿嘿嘿嘿，哈哈哈哈！」

巴魯希特的聲音越來越遠，最後徹底消失。

轉眼間，莎碧娜又回到了寂靜的世界。

除了寂靜，什麼也沒有。

在與人——即使對方是敵非友——交流之後，那股孤寂感變得更加深刻。

在重新品嘗孤寂之餘，她又想起了那個男人的臉。

（……他一直待在這種地方。）

傑諾·拉維特。

那個不斷幫助自己，最後被自己封印的男人，在這個虛無的世界又會想些什麼呢？她很想知道。

「——期待的援手，是嗎……？」

她在黑暗中喃喃自語。

「你弄錯了，巴魯希特，我從沒期待那種東西。」

是的，她並不期待。

早在她被封印的那一刻，她就已經明白，自己恐怕永遠逃不出這裡了。自己囚禁了傑諾，而巴魯希特用同樣的方式囚禁自己，這就是報應。雖然還有很多想做的事，但事到如今，再怎麼懊悔也沒用。唯一值得慶幸的是，她最大的遺憾已經被彌補了。

（看到零之後，你應該就會瞭解吧……）

想起自己的近身侍衛，莎碧娜不禁露出微笑。

只要桃樂絲將零帶到傑諾面前就夠了，那個男人必定可以猜出自己的真意。

她不期待傑諾拯救自己。

姑且不論傑諾是否仍對自己心懷怨恨，巴魯希特是絕對不會讓人救她出來的。以巴魯希特的能力與謹慎，想必他已經在封印上動了某些手腳，一旦有外人試圖解開封印，自己就會立刻死亡吧？那個老人之所以讓自己活到現在，只不過是為了套出傑諾的下落而已。

所以，她不期待救援。

只要零能與傑諾見面就夠了。

※◆※◆※◆※

巴魯希特將右手從紋陣的魔力節點中抬了起來，由於戴著面具，所以沒人看到他此時的扭曲表情。那是將深刻的仇恨與報復的快感彼此揉合所誕生的產物，是一種陰暗的喜悅。

不過當巴魯希特看見站在自己旁邊的男人時，那股喜悅就像是被水淋到的火焰般，瞬間縮小許多。

那個令巴魯希特感到不快的男人，正是伊莫·庫布里克——庫布里克家的現任家主，一個妄想以伯爵之身染指國王寶座的野心家，巴魯希特名義上的主人。

此時的庫布里克伯爵雙眼呆滯、臉色灰白，過去那種張揚的梟雄氣質已不復見。

這是當然的，因為庫布里克伯爵已經死了。

眼前這個男人，不過是有著伊莫·庫布里克之名的屍體而已。

利用偽命術復活後，庫布里克伯爵有了侯爵級的力量。不論在哪個地方，侯爵級都是堪稱國家柱石的貴重戰力。但巴魯希特寧願換回原來那個只有伯爵級實力的傢伙。

戰力的話，有老公爵就夠了。而巴魯希特最需要的，是可以站在舞臺上獨挑大梁的演員。那種用偽命術復活的傀儡只會呆板地聽命行事，無法像正常人一樣進行多樣性的工作。

現在的庫布里克伯爵根本無法發揮出身為統治者所應有的能力，而巴魯希特沒有那個耐性與時間去處理這些事情。

「都是你這個蠢材害的！」

啪的一聲，巴魯希特朝庫布里克伯爵甩了一巴掌。

「阿瑪迪亞克已經夠蠢了，你跟他不遑多讓！那麼急著跑過來做什麼？逼我殺你嗎？你就這麼想死？我苦心準備好的計畫全都被你破壞掉了，你這蠢材！」

巴魯希特每說一句，便往庫布里克伯爵臉上甩一巴掌。伯爵沒有任何反應，只是站在原地任他羞辱。

直到自己的手掌打到疼痛之後，巴魯希特才停下來。

「真是的……究竟是哪裡出了問題，才會搞成現在這樣？」

巴魯希特仰天嘆氣。

原本巴魯希特的計畫是──想辦法誘導庫布里克伯爵的行動，自己則盡可能隱身於幕後。

為此，他以魔導技師的身分接近庫布里克伯爵，一邊給予對方魔導技術上的幫助，一邊灌輸對方高舉叛旗的思想。事情很順利，繁瑣的事情全都由伯爵代勞了，就像當初他與阿瑪迪亞克的合作一樣。

囚禁了銀霧魔女後，庫布里克伯爵的前景一片大好，巴魯希特的計畫也完成了一半。偏偏就在這個時候，里希特突然跳出來，把好不容易營造出來的棋局打亂了。

爆炸現場挖出不少焦黑的屍體，但卻沒辦法辨別里希特的遺骸是否混在其中。最壞的情況就是里希特趁著爆炸成功逃走，畢竟他身上穿著魔操兵裝，而且還是防禦特化型的「黑之獸」。雖然巴魯希特很快就偽造庫布里克伯爵的手令封鎖全城，但他不覺得這樣就能困住里希特。

一旦讓里希特逃回巴爾汀，巴魯希特的立場將變得十分危險。但更棘手的問題在於，庫布里克伯爵必須退下舞臺。

巴魯希特不得不殺掉庫布里克伯爵。

過去他一直使用某種效果類似魅惑之型的技法，讓庫布里克伯爵相信他的忠誠，但這種作法有其極限。那場爆炸，以及擅自調動老公爵，這兩件事徹底破壞了巴魯希特所下的暗示，這點從當時伯爵表露殺氣一事即可證明。

因此雖然可惜，但巴魯希特只能讓庫布里克伯爵提早退場。

如今，巴魯希特只有一條路可走。

「你們，走在我前面。魯爾要走在伊莫之前。」

巴魯希特用下巴點了點，老公爵與伯爵立刻聽命行事。

接著，巴魯希特有如侍從般跟在兩人身後，與他們一起走出城主府大廳。

大廳外面站著兩個人。

其中一位是褐髮的中年人，他穿著衣料講究的衣服，雙手與脖子戴滿了昂貴的飾品。褐髮中年人雖然一身華麗裝扮，但臉色不是很好，那是因為長期縱欲過度所導致的氣色衰敗。

另一人則是黑髮的中年人，他身穿雷莫軍服，腰間佩劍，身材壯碩，背脊挺直有如利劍。黑髮中年人的勇武形象，跟一旁的褐髮中年人呈現明顯對比。

「爺爺！父親！」

「公爵大人、伯爵大人。」

不同的招呼同時從兩人口中吐出。

使用親暱稱謂的是褐髮中年人。此人正是庫布里克伯爵之子，庫布里克家族的下任家主，弗雷．庫布里克，子爵級魔法師。

使用敬稱的黑髮中年人則是撒謝爾城的防衛軍團長，雷克．馬許，同樣是子爵級魔法師。此人原來只是一個低階軍官，但在庫布里克伯爵幹掉了原來的伯爵級軍團長之後，馬許第一個跳出來宣示效忠，於是庫布里克伯爵便提拔他為軍團長。

沉重的靈威無聲降下。

庫布里克子爵與馬許子爵同時跪倒在地。兩人的臉色蒼白，身體不斷顫抖，就連呼吸也變得極為困難。面對王級魔法師的靈威，區區子爵級根本無法抵抗，沒有當場昏死已經是老公爵手下留情的結果。

確認兩人的頭不可能抬起來後，一旁同樣假裝跪下的巴魯希特啟動了衣領上的魔導道具。

「我交代的事都辦好了嗎？」

巴魯希特用老公爵的聲音問道。

「是、是的……」

「在下……不敢有絲毫懈怠……」

兩名子爵努力從肺部擠出空氣，用顫抖的聲音做出回答。

巴魯希特滿意地點了點頭。

殺了庫布里克伯爵後，他開始用這種方法偽造命令。

利用靈威讓部下感到恐懼，是上位者常用的統治手段，許多嚴苛的貴族家主為了確保權威，連對自己的親人也會使用靈威壓制，因此巴魯希特的技倆不會惹人起疑。

「弗雷，以前我太縱容你了。」

聽見老公爵的斥責，褐髮中年人的身體抖得更加厲害。

「你過去的表現，完全配不上庫布里克這個姓氏，今後我會嚴格鍛鍊你。」

「是、是的。」

「首先就從日常政務開始。你父親不會插手，我要看看你究竟能做到什麼程度。不要讓我失望，否則你一定會後悔。」

因為過度恐懼，庫布里克子爵已經完全說不出話，只能在地上縮成一團瑟瑟發抖。

「還有你，馬許子爵。能取代你的人多的是，千萬別讓我失望。」

「在、在下必定會報答您的知遇之恩，哪怕會因此粉身碎骨！」

馬許子爵的表現稍微好一點，雖然害怕得聲音發顫，仍然硬是將近乎諂媚的感謝之語說完了。

「那麼，就讓我聽聽看吧。你們對於我的命令，究竟理解並執行到了何種程度？」

令人渾身發冷的靈威稍微減輕了一點，維持在容許讓人流暢說話的地步。即使如此，兩名子爵的腦袋還是有一部分無法順利運轉，彷彿哪裡的齒輪生鏽了一樣。若是沒有巴魯希特的魔導道具，要在這種狀況下編織謊言是不可能的。

「弗雷，你先說。」

「是、是……全城戒嚴的命令已經發布了……那個，是有捉到一些可疑分子，但、但是，沒有像是間諜的人。物資的調配命令早上也發出去了，本城的部分正在集結……其、其他城市還沒有回覆。不、不過我想他們不敢拒絕，畢竟那是爺爺您的命令。」

「——馬許子爵。」

「是的。本城軍隊已經集合完畢，隨時聽候您的差遣。其他城市的召集令也已經送出去了。如果有城市敢抗命，在下必定會擔任先鋒，為您砍下那群愚者的腦袋。」

「五天之內，我要看到結果。」

此話一出，跪地的兩人全部臉色大變。

「讓所有宣稱效忠於我的領主們，立刻帶著軍隊與物資過來集合！」

這就是老公爵所下達的命令。

老實說，這其實就是動員令。

至於聚集如此龐大的兵力要用來幹嘛？這點只有腦袋不正常的人才問得出口。

擁戴庫布里克公爵的城市一共有十四座，要將這十四座城市的全部軍隊與物資順利集結並清點，短短五天是不夠的——至少以庫布里克子爵與馬許子爵的能力來說，絕對不夠。

「爺爺，時間太趕了！您也知道那些領主是什麼德行！他們只有在討好處的時候才會跳出來，要他們做事時就拚命找藉口拖延，三天根本就——」

「閉嘴。」

老公爵的靈威瞬間變強，庫布里克子爵的聲音立刻被掐斷。

「我不會收回命令。三天時間，我要看到一切全都準備好。不來的人，我會送他們進墳墓。但辦事不力的你們，也要做好被重懲的心理準備。弗雷，別以為你是我的孫子就沒事，別忘了，你還有三個兄弟，懂嗎？」

庫布里克子爵帶著絕望的心情拚命點頭。

「去吧，不要讓我失望。」

靈威變輕了。兩人連忙從地上爬起來，對著老公爵行了一禮之後，便慌慌張張地離開了。

「廢物。」

等兩人的背影從視野中消失，巴魯希特輕罵一聲。

庫布里克子爵也好，馬許子爵也好，都不是什麼有能之士。

前者仗著自己的姓氏整天玩樂，所以過了四十歲還只是一名子爵；弗雷・庫布里克另外還有三個兄弟，但性格與能力比他更加不堪。後者則看似認真負責，但也只是「看似」而已，這個男人擅長表面功夫，而且喜歡投機取巧。

但無所謂，只要用力鞭打，就算是劣馬也能跑出不算太難看的成績。

「麥朗尼・里希特，這是你逼我的。」

巴魯希特一邊呢喃，一邊轉頭望向西方。

那是首都巴爾汀的方向。

情況有變，巴魯希特決定先發制人。

戰爭日 02
西方邊境的衝突

挑戰世界的天才魔法師死去了，而它繼續等待。

以前在失去宿主之後，它會透過魔力聯繫世界，對著渴求力量的人們發出呼喚。通常不需要多久，就會有人尋找到它。

魔力受意志所左右。

意志是靈魂的支流。

世界乃魔力的表象。

身為數十、甚至數百萬人的意志之匯集，它可以在一定程度上透過魔力逆向干涉世界。雖然還不到呼風喚雨的程度，但是至少可以做到「讓需要它的人聽見它的聲音」這種事。

只是，這次它的等待比起以往都要漫長。

這也是無可奈何的事。

這片土地險惡無比，不管是水或空氣都充滿毒素，人類很難在這種地方生活。雖然怪物眾多，但它拒絕讓那種只有本能而無知性的東西成為宿主。

然後，它終於等到了。

那一天，有三個人同時來到它的面前。

這樣的例子不是沒有發生過。

照理來說，他們應該會互相殘殺，直到剩下最後一個人為止。它的力量就是有讓人這樣做的價值。

由於它支配了此地的魔力，所以這三人只能像野獸一樣，用肉體與武器展開一場充滿血腥味的勝負。這是因為它希望能夠找到一個足夠強壯的宿主，要是沒幾下就死掉了，它又得重新等待，那實在太麻煩了。

但是——

「這就是我渴望已久的東西，它是我的！」第一個人這麼說。

「我不會把它讓給任何人，我本來就是為此而來的。」第二個人這麼說。

「我沒興趣。你們自己去爭吧。」第三個人這麼說。

意外的，其中一人退讓了。

這個決定，反而讓其他兩人放棄爭執。

這個人會不會是假裝放棄，等他們消耗到極限時，再出來收割自己的性命呢？渴求力量的兩人如此思考。

他們會這麼想也是理所當然。

只有資質優秀，同時又渴求力量的人才能聽到它的呼喚。既然來到這裡，就代表第三人也跟他們一樣渴望力量。當期待已久的東西近在眼前時，真的有人會放棄嗎？

第三人的退讓被視為一種策略，而且是難以破解的策略。

於是，那兩人做了出人意料的選擇。

那就是將它平分。

連它也想不到，兩人會做此決定。

但它不在意。如果能夠找到優秀的宿主，就算被人一分為二也無妨。反正只要它有那個意思，隨時可以重獲完整。

就這樣，第三人退出了競爭的舞臺，最後勝負重新取決於兩人間的勝負。

殺了對方，就能取得對方的力量。

得到像那個魔王歐蘭茲（OREZ）一樣，足以顛覆傑洛（ZERO）的力量。

※◆※◆※◆※

「早——醒——」

聽見了像是從遙遠地方傳來的聲音。

那道聲音攪動意識的湖水，莫浩然的知覺也跟著緩緩復甦。

「醒來！已經天亮了！」

然後莫浩然終於搞懂發生了什麼事——一個名叫傑諾的鬧鐘在腦袋裡面大吼，要自己快點起床。

傑諾必須透過莫浩然的五感才能接收外界情報。理論上只要閉上眼睛，傑諾就無法察覺外面的天色。然而事實上，一個人就算雙眼緊閉，還是能夠感受到是否有光正在照射自己。

以前傑諾是不會這麼做的，不過現在莫浩然的表面身分是女王近侍，不能讓人看見賴床的醜態。託傑諾的福，這陣子莫浩然都不用擔心睡過頭。

或許是因為習慣了宮廷生活，最近莫浩然晚上都睡得很好。那種因為莫名的緊張感而提早起床的場景，如今已經變成了美好的回憶。

（不，這個，是因為床很好的關係……大概啦……）

莫浩然努力為自己的鬆懈找藉口。

這間偏房是讓侍女待命用的，裡面也有可以休息的床鋪。但黑曜宮裡面沒有廉價品，就算是侍女的休息床，也是一般旅館都比不上的高級貨色——也就是足夠柔軟。

（真慶幸我活在物質生活豐富的地球。）

莫浩然也住過幾次旅館，雖然對於廁所有沖水馬桶一事感到驚奇，但意外的事情也就只有這麼一項而已。或許因為他挑的盡是便宜或普通房間，房間床鋪全都非常的硬，這個世界似乎還沒發明出彈簧床這種東西。

天天躺在柔軟的床上，讓莫浩然有種回到地球的感覺，所以最近他才會睡得較晚。沒錯，自己沒有問題，一切都是床鋪的錯！莫浩然一邊披上外套，一邊如此說服自己。

接著便是早上的例行事務——弄亂零的床鋪，然後呼叫侍女進來更衣。

「你今天睡得特別熟。身體有什麼地方覺得不對勁嗎？」

等待期間，頭上的大法師突然開始關切莫浩然的健康。

「不，沒有啊。我睡得很熟嗎？」

「熟到足以稱為異常的地步。叫了幾十次都叫不醒，我還想說要是再不起來，就變成針用力扎你。」

「拜託你，千萬不要。」

傑諾的本體處於封印狀態，此時寄宿在莫浩然頭上的只是利用精神波塑造出來的替身。因為可以自由變形，所以能變成頭髮、小狗或是針，要說方便也的確是方便。

（自己有睡得那麼熟嗎？）

莫浩然略感困惑。如果硬要找理由，那就是床鋪的魔力太過驚人了吧？

還有就是——

（那個夢……）

自從來到異世界後，偶爾會夢到的奇妙夢境。

有如拖稿漫畫般不定期出現，讓人印象深刻的夢。

那不是什麼好夢，但也稱不上惡夢。硬要形容的話，就像是電玩攻略本開頭部分的背景設定。莫浩然一直以為這是因為自己來到了異世界，潛伏已久的中二魂在幻想氛圍

的影響下重新甦醒的關係。

不過，這次的夢特別長，而且內容似乎跟過去不太一樣。

（歐蘭茲……顛覆傑洛……被平分的力量……）

莫浩然仔細回想夢裡見到的事物。

平分了魔王之力的那兩人，讓他有點在意。

越是思考，莫浩然就越覺得自己似乎快要捕捉到了什麼。彷彿有什麼東西在腦中飄來飄去，想要伸手捕捉，它卻老是從指縫間溜走。

「怎麼了？突然發呆。」

傑諾的聲音打斷了莫浩然的思考。

「……不，只是好像想到了什麼事情，又好像什麼都沒想到……嗯，總之就是那種感覺。」

「那種情況，一般來說就叫做發呆。」

莫浩然懶得反駁，繼續努力捕捉那道縹緲的靈感。

就在這時，零完成了更衣。莫浩然只好對自己的腦內活動大聲喊停，準備面對接下來的工作。

莫浩然與零在侍女與護衛的簇擁下抵達了用餐的房間。就像往常一樣，桌子前面已經坐了三個人。

「赫伯特．札庫雷爾向您問安，陛下。」

「早安，陛下。早安，小桃桃。」

「早喲。」

一見到莫浩然與零，三人便用各自的方式問候兩人。當然，在禮儀方面及格的只有札庫雷爾。因此侍女們也像往常一樣，對紅榴與伊蒂絲的表現深深皺眉。

零坐入椅子，然後莫浩然也跟著坐下。在等待餐點送上的空檔，札庫雷爾講了一些貴族趣事。

不知是不是自己多心，莫浩然總覺得札庫雷爾的神色有點奇怪。札庫雷爾向來以坦率正直聞名，雖然最近演戲技能有快速提高的趨勢，但畢竟這不合他的本性，因此只要仔細觀察，還是能看得出他的行為與思想之間的微妙落差。

當然，莫浩然對觀察中年大叔這種事毫無興趣，但他不得不這麼做。畢竟就某方面來說，現在的他也算是深入敵陣，若是不仔細收集情報，一旦出事可就跑不了了。在目前他能掌握的情報來源裡，札庫雷爾是最重要的一個，當然必須認真對待。

熱騰騰的餐點很快就送上來，札庫雷爾也像往常一樣，啟動了魔導道具「天地無音」。另外附帶一提，紅榴那一份的分量是其他人的五倍。

「接下來我有重要的事要說。待會兒不論妳們聽到什麼，請務必保持冷靜，千萬不要做出會讓人懷疑的表情或行動。」

札庫雷爾面帶微笑說道。他的語氣跟臉上的表情完全不一致，顯得非常焦慮。

「知道了。發生什麼事？」

莫浩然代替眾人回答。

「里希特回來了——而且身受重傷。」

莫浩然臉上的微笑差點裝不下去。

里希特受重傷？那頭鋼鐵獵犬？有沒有搞錯？莫浩然在心中如此大喊。接著他突然一驚，立刻轉頭看向紅榴。這位獸耳娘是在場眾人裡最漫不經心的，連他都被嚇到，紅榴恐怕已經露出破綻了。

沒想到莫浩然一轉頭，看到的卻是伊蒂絲正把帶骨肉排塞進紅榴嘴裡的畫面。由於受到突如其來的攻擊，紅榴發出了「唔唔唔——！」的怪聲。

顯然伊蒂絲早就預料到會發生這種事，在聽到消息後就第一時間發動攻擊，好隱藏紅榴的表情變化。在外人眼中，她們只是跟平常一樣在胡鬧而已。

莫浩然鬆了一口氣，用眼神對伊蒂絲說：「幹得好！」

「幹什麼，唔咕，妳這，喀滋喀滋，毒草人，卡滋卡滋……」

紅榴邊大罵邊咀嚼肉排，而且用的還是連骨頭也一起咬碎、氣勢十足的驚人吃法。

「不是說要裝作什麼事都沒有嗎？妳剛才嘴巴張那麼大是想幹嘛？」

紅榴哼了一聲，轉頭不再理伊蒂絲。她絕對不會承認自己剛才差點發出「噫欸欸欸？那隻空氣狗竟然也會受傷——？」的大叫。

「抱歉，請繼續說吧。」

「……不，沒關係。這樣一來，就算做出一些反應也不會讓人覺得奇怪了。」

莫浩然連忙道歉，札庫雷爾則是讚許伊蒂絲的機敏。

「那麼，我就繼續說了。里希特是昨天深夜被秘密送回來的，他受了很重的傷，經過緊急治療，今天早上總算脫離了昏迷狀態。」

在札庫雷爾的說明下，莫浩然等人總算瞭解事情的經過。

原來里希特認為要在茫茫大地上搜索女王實在太過困難，而庫布里克伯爵那邊很可能有女王的線索，因此親自潛入撒謝爾城，結果遇上了老公爵。

「雖然犧牲了兩套魔操兵裝，但能從王級魔法師手中逃走，也算值得。」

札庫雷爾對里希特的作法予以肯定。

若要問兩套璽劍級魔操兵裝與一個侯爵相比，哪個較有價值？恐怕大多數人都會回答前者。只要穿上璽劍級魔操兵裝，就算是伯爵也能與侯爵一戰，因此璽劍級魔操兵裝往往跟侯爵劃上等號。

然而里希特的才能非常稀有，他對雷莫的重要性遠勝一般侯爵，而且他對莎碧娜極為忠誠。札庫雷爾覺得就算是權杖級魔操兵裝，也沒有里希特來得重要。

「里希特回來了，那搜索工作怎麼辦？」

莫浩然問了最關鍵的問題。

「……這就是令人頭痛的地方。」

札庫雷爾雖然面帶微笑，聲音聽起來卻異常苦澀。

這個世界可沒有治癒魔法這種方便的東西。不管是凡人還是魔法師，一旦受傷或生病，就只能躺在床上安靜療養。為了防止洩密，這件工作又不能交給其他人去做，札庫雷爾為此煩惱不已。

當然，對莫浩然等人而言，這絕對不是可以置身事外的狀況。

如今雙方有著共同的利益，所以就算明知這個消息事關重大，札庫雷爾還是老實告知了莫浩然一行人，這其中也有希望對方幫忙出點主意的意思在。畢竟札庫雷爾對於陰謀詭計不怎麼擅長，偏偏里希特必須專心休養，亞爾卡斯又遠在前線。

「如何，有沒有想到什麼好點子？。」

「這個……就算你這麼說，突然被告知這種事情……」

「……也對，這是需要好好思考的事。抱歉，看來我也不夠冷靜，只是可供我們運用的時間已經不多了。」

札庫雷爾端起茶杯喝了一口。在他這樣的壯漢手中，小巧精緻的瓷杯就像是小孩子的玩具，但他捏著杯耳的動作卻十分細膩與熟練。這種就連細節也相當講究的教養，只有出身於貴族世家的上流人士才培養得出來。相較之下，其他人喝茶的動作就顯得粗魯許多。

「……這種時候，如果那個人還在就好了。」

札庫雷爾像是自言自語般的低聲說道。

「誰？」

莫浩然反射性地問道。他並不期待札庫雷爾真的回答自己，沒想到得到了令他嚇一跳的答案。

「傑諾・拉維特。妳應該知道這個人吧？」

「傑諾……拉維特？」

「嗯。要是那個男人還活著，一定可以想出好方法吧？可惜他已經死了。」

「嗯啊……」

莫浩然覺得自己的腦袋有點混亂。

傑諾・拉維特？那傢伙跟待在自己頭上的大法師有關係嗎？可是姓氏不一樣，應該只是同名而已吧？札庫雷爾也說對方已經死了。

莫浩然有點想追問那位傑諾．拉維特的消息，但又怕這是什麼人盡皆知的常識。不知道為什麼，札庫雷爾這群人似乎對他的評價頗高，要是在這裡拉低評價的話，說不定會很不妙。

這時，援手從意想不到的地方伸了過來。

「你指的是那個『破軍』的傑諾．拉維特嗎？」

說話的人竟然是紅榴。札庫雷爾露出感興趣的表情。

「哦，『破軍』？你們獸人是這麼叫他的嗎？」

「因為他一個人就擋住西邊數十個魔法師，擊退了敵人的大軍嘛。爺爺說那不是人類能辦到的事。」

「非人嗎……說得也是，當我聽到那場戰鬥的結果時，我也有類似的念頭。」

「不過他不是被你們的女王殺死了嗎？所以你們的女王應該比他更強吧。不過這麼強的女王竟然也會被暗算……嗯，果然爺爺說得沒錯，人類最強的武器不是魔法，而是陰謀詭計。」

聽到如此感想的札庫雷爾一時間不知該做何反應，只能苦笑以對。

（喂，越聽越像同一個人了啊！）

莫浩然一邊強忍想要大叫的衝動，一邊做最後的確認。

「既然傑諾．拉維特已經死了……那個，有人見過屍體嗎？還是有留下墳墓？」

「沒有。根據陛下的說法，傑諾．拉維特已經徹底變成飛灰。不過這也很正常，魔法師之間的戰鬥很難留下完整屍體，粉身碎骨是很常見的事。至於墳墓，陛下嚴令不准建造。陛下從未下過如此不近人情的命令，可見陛下對他的背叛非常生氣。」

沒有屍體，也沒有墳墓——意思就是那傢伙不一定真的死了，也有可能被封印吧？那位拉維特先生跟自己頭上這位大法師的相似度簡直高到爆表。莫浩然真想立刻找個沒人的地方揪住頭髮，質問傑諾這到底是怎麼回事。

「……哎，稍微有點離題了。現在不是對已逝者抱持期待的時候，希望諸位能夠一起想辦法，同時記住千萬不要洩漏消息。」

說到這裡，札庫雷爾將視線移到了伊蒂絲身上。

「最近宮廷似乎流行起奇怪的小說。還望各位自重，不要隨便製造莫須有的混亂。」

面對陸戰元帥的警告，莫浩然乾笑以對。

對權勢達到一定程度的貴族來說，要查出「奇怪小說」的源頭不是難事，何況伊蒂絲三不五時就會前往外城區交稿，有心人想要查探實在太容易了。札庫雷爾之所以沒有出手干涉，一方面是這本小說目前還沒有引起什麼麻煩，另一方面是可以起到混淆視聽的作用。

「那麼，我就先告辭——啊，對了。」

札庫雷爾原本想要關掉「天地無音」，接著像是想到什麼似的中途停手。

「你們有聽過夏卡．巴魯希特這個名字嗎？」

於是，莫浩然發覺自己的頭髮突然震了一下。

※◆※◆※◆※

早餐結束了，眾人如同往常一樣開始一天的行程。

雖然莫浩然覺得在這個節骨眼上不該做這些事，但正因為是這種時候，才更應該照常作息。要是他們露出慌亂焦慮的態度，只會讓敵人——雖然莫浩然不知道究竟誰算是敵人，所以姑且先將庫布里克公爵一系的人當成目標——找到可乘之機。

直到零坐入辦公室的寬大椅子，開始與堆積如山的文件奮戰後，莫浩然才總算逮到機會，走到角落低聲呢喃。

「……喂，你沒有什麼想說的嗎？」

莫浩然的頭髮沒有任何反應。

「那個叫傑諾．拉維特的就是你吧？雖然名字不一樣……不，我記得你說過魔法師都有兩個名字，拉維特就是你的外名，對不對？」

莫浩然的頭髮依舊沒有反應。

「沒想到你竟然是莎碧娜的部下。說起來，莎碧娜為什麼要封印你，這件事我好像一直沒問。可以說明一下嗎？」

「……秘密。」

莫浩然的頭髮終於回話了，只是答案令人十分火大。

「喂！」

「瞭解我跟莎碧娜之間的恩怨，對你而言有必要嗎？知道這些事情，對你履行契約有幫助嗎？不知道的話，又會有什麼妨礙嗎？」

「這個……」

莫浩然答不上來。

確實，這不是非知道不可的事。嚴格說來，莫浩然只是想滿足自己的好奇心而已。

莫浩然與傑諾，終究是互相利用的關係。如果試圖踏進對方的內心，就等於跨越了那條線，彼此的關係也很難再維持單純。

莫浩然想起在黑道夜總會打工時，自己是如何與那些同事相處的。那時的他，雖然與同事們相處得頗為融洽，但一直沒有建立起可以稱之為友情的東西。

一旦交情加深，就會想將對方拉進自己的世界。

那些同事所生活的世界，與平靜無緣。

雖然莫浩然在外人眼中算是不良少年，但他本人卻不這麼認為。他嚮往的絕非充滿暴力的刺激生活，而是跟正常人一樣的安穩日子，之所以會經常跟人打架，只是時勢所趨罷了，當然，他那不輕易服輸的個性也占了一部分原因。

事實上，莫浩然沒有因為不良少年這個身分得到任何好處。他對勒索同學沒興趣，也沒有女孩子倒貼他。如果他活得更加不良一點——例如混幫派什麼的——或許就會是另一種情況了吧？獨行的一匹狼聽起來很帥，其實很容易成為半吊子，莫浩然覺得自己就是這種人。

沒有歸屬於某個特定群體，對青少年而言不算好事，但有時反而能夠得到看清自己本性的機會。莫浩然就是因為醒悟自己想要的究竟是什麼，才會遲遲沒有踏進黑社會，那不是他追求的世界。

與傑諾的關係也是一樣。

說穿了，他們是不同世界的人。莫浩然不可能留下來，傑諾也不可能跑到地球，兩人的交情注定不會長久。目前這種熟人之上、朋友之下的關係，才是最理想的吧。

「……確實，就算知道也沒用，不知道也無所謂。」

莫浩然承認了傑諾的論點。雖然感覺有點不愉快，但這是事實，沒有反駁的必要。

「比起研究我的過去，你應該多關心一下自己現在的處境才對。別跟我說你聽到了札庫雷爾說的事情，覺得完全無所謂哦。」

「怎麼可能，我正想問你該怎麼辦哩！」

「逃走吧。」

因為傑諾的回答實在太乾脆了，莫浩然直到兩秒鐘後才意會過來。

「咦？逃、逃走……什麼意思？」

「就是逃離巴爾汀，而且要快，現在的情況非常不妙，簡直可以說是無解。」

「……難道沒有別的方法了嗎？」

「有，但那些方法只對札庫雷爾他們有利。例如，用女王親征的名義，讓札庫雷爾陪你們去前線。把亞爾卡斯調回後方，負責搜索任務。你覺得這樣對你會有利嗎？」

「這個……」

「順帶一提，這計策的風險很高。如果亞爾奈這次是認真的，後面必定還有援軍。既然我們這邊連女王都親自上場了，對面的女王很可能也會跟著跳出來。那一位可是有著『蒼藍賢王』之美譽的睿智之士，想必很快就能看穿一切吧。」

亞爾奈的女王蘇菲亞．哈布魯素有明君之稱，在她的統治之下，亞爾奈的國力一直穩定增長，國內的貴族也大多伏首聽命。蘇菲亞不僅政治手腕優秀，本身的智謀與戰鬥力也非常高，這樣的君主簡直只能用完美來形容。

若是這位蒼藍賢王真的出現在戰場上，零的身分恐怕一下子就會被識破，屆時亞爾奈大軍將無所顧忌，而莫浩然等人自然也不會有什麼好下場。

聽完傑諾的推測後，莫浩然的臉色變得有些難看。

「你就想不到更好的方法嗎？」

「沒有。札庫爾雷他們的目的只有一個，那就是找到莎碧娜。為了達成這個目的，必要時他們可以毫不猶豫地犧牲你。」

「他們不是用真名發誓了嗎？」

「他們的誓言是『他們自己不會傷害你，也不讓莎碧娜加害你』，如果動手的是別人，那就不算違誓。」

「還有這樣的……」

莫浩然頓時覺得自己實在太過天真。

仔細想想，他們與札庫雷爾等人不也只是互相利用的關係嗎？在抵達首都後，自己不也派了西格爾四處收集消息，做好隨時開溜的準備嗎？既然如此，自己又有什麼好猶豫的呢？

「……就算要逃跑，也沒那麼容易吧。」

「當然。不過機會總是稍縱即逝的，事先做好心理準備，才更容易捕捉。」

「太抽象了，有更具體的建議嗎？」

「搶一架浮揚舟吧。」

「你不是不會開嗎？」

「是不會。」

「那你還提！」

「只是舉例而已。簡單的說，必須做好不被追擊，或是就算被追擊也能甩脫對方的對策。朝這個方向去思考，才不會想出給人可乘之機的點子。」

傑諾的言論是正確的。不同的前提會得出不同的結果，如果只把「逃出首都」這件事當作目標的話，恐怕會忽略很多不該忽略的東西吧。

「我知道了。」

莫浩然輕輕點頭，然後看了一眼坐在辦公桌前的零。

（不過，這樣就對不起零了……不對，應該沒這麼簡單吧？）

因為跟在自己身邊太久，莫浩然差點忘了零也跟札庫雷爾等人一樣，是將莎碧娜置於最優先順位的人。要是逃跑的話，這位少女會怎麼做？是不敢違背莎碧娜的命令，滿懷怨恨地跟著自己走嗎？還是會拔劍阻止自己呢？莫浩然實在無法預料。

（分別的時刻終於要來了嗎……）

這個結論要是放在一個月前，莫浩然鐵定拍手叫好，但現在他卻感覺有些迷惘，心中毫無喜悅之情。

所以，他察覺了。

自己對那位少女抱持的心情，早已不再是單純的利用關係。

※◆※◆※◆※

黑曜宮同時兼具國王的住所與工作場所兩種功能。為了讓國王的身心都保持在最佳狀態，黑曜宮有許多窮極奢華的附屬設施，例如巨大的豪華浴場、能夠容納五百人的戲劇廳、一整年全都開滿燦爛花朵的皇家花園等等。光是這些設施的維持費用，每個月就要花上十枚金夸爾——這差不多是一位子爵一整年的正常收入。

黑曜宮皇家花園在設計時採用立體式結構，漫步其中時，四面八方全被怒放的花朵所包圍，彷彿一頭鑽入了花朵的世界。栽培的花種與位置也是精心挑選，能夠讓人感受到高雅的品味。

如此富有情趣與格調的地方，迎接的也是同樣懂得情趣與格調的客人。風度翩翩的紳士與淑女們——當然都是極有地位的貴族——會在花朵的簇擁下探討有關藝術的話題。在這個高雅的場所，沒有人會不識趣到談論政治之類的東西，懂得在什麼地方說什麼話，這才是一位真正的貴族應有的修養。

今天的皇家花園也同樣迎來了兩位研究藝術的淑女。

這兩位淑女的外表極為醒目。其中一位是名少女，張揚的紅髮非常惹眼，但更加吸引目光的，是她頭上那對毛茸茸的獸耳。另一位的年紀稍大，銀色的俏麗短髮耀眼如同星屑，左藍右紅的異色雙眸更是令人印象深刻。

她們正是紅榴與伊蒂絲。

此時花園裡面只有她們兩人，因為隨行的侍衛被要求待在花園外面。由於皇家花園的對外通道只有一條，不用擔心兩人會跑掉，所以侍衛們也就樂得聽從命令，享受難得的清閒。只有親身體驗過的人，才會知道照顧這兩人是一件多麼令人胃痛的事。

「是這樣嗎？」

紅榴站直身體，右手平舉，做出像是在阻擋什麼東西的動作。伊蒂絲一邊用手指輕拂自己的下巴，一邊發出「唔嗯」的聲音。

「感覺不太對呢……如果用腳的話呢？」

「腳？像這樣？」

紅榴收回右手，改成左腿擺出高側踢的姿勢。禮服的裙襬因為這個姿勢而滑了下來，並且停在絕妙的高度，形成了彷彿看得到什麼又彷彿什麼都看不到的畫面。

「嗯……好，就用這個吧。至於名字，就叫野貓神踢吧。」

「好爛！聽起來遜斃了！而且我是獅子族，不是貓！」

「抱歉，剛才的名字是另一個人取的，她說那個才適合妳。」

「紅色的傢伙嗎！叫她出來！我會讓她知道獅子跟貓到底差在哪裡！」

　　就像那對異色雙眸一樣，伊蒂絲擁有兩種人格：激烈的紅色，以及冷靜的藍色。據說個性相似的人容易互看對方不順眼，或許就是因為這樣，紅色人格經常與紅榴起衝突，反而是藍色人格跟紅榴比較處得來。

「既然妳這麼堅持……嗯……這樣啊……她說跟蠢貓沒什麼好聊的，懶得理妳。」

「喵唔！告訴她！要是她敢在我面前出現，我就把她的肚子打出一個洞！」

「啊！就是這個姿勢！這個姿勢很好！不要動，好像有靈感了！」

「這、這樣嗎喵？」

　　聽到伊蒂絲的大叫，紅榴立刻保持「雙手像是抓住了某種東西」的姿勢，站在原地動也不動。

「就是這樣、就是這樣……出現了……看到了……對，有如閃光一般的靈感！遇見強敵，然後擺出這個姿勢……好，臺詞就用『讓我幫你把肚子打洞』！」

「嘿嘿，我也覺得這句話很有氣勢。」

　　紅榴露出得意的笑容，但姿勢完全沒有改變。伊蒂絲在筆記本上拚命寫字，只見她時而皺眉，時而沉吟，數分鐘後，她終於露出欣慰的表情。

「好，可以了！重點已經擬好，接下來就是修飾細節。這個章節的名稱就叫『疾風怒濤！獸人的奮起！』吧。」

「記得把我寫得勇猛一點哦！」

「知道了啦。」

如果有懂得畫畫的人在場，一眼就可以看出這兩人是在進行臨摹或素描之類的行為。不同的是，伊蒂絲用的是文字，而非圖畫。

若用地球的說法則是，伊蒂絲正在取材。

伊蒂絲為了正在撰寫的虛偽情報——一部還沒有正式名稱，被讀者們暫時稱為「歸家紀實」或「女王大冒險」的小說——而拜託紅榴當她的模特兒。伊蒂絲接下來準備寫桃樂絲一黨與莎碧娜聯手擊退怪物的故事，為了讓劇情看起來熱血沸騰，她打算讓每個人都一顯身手。

其他角色還算好寫，只有紅榴的戰鬥劇情特別麻煩。畢竟桃樂絲、莎碧娜與伊蒂絲都是魔法師，只要站在原地放魔法就好，唯獨紅榴的戰鬥風格屬於近身肉搏型。為了能夠更好地描寫出獸人戰鬥時的躍動感，她只好拜託紅榴幫忙充當模特兒。至於零這個角色從一開始就沒有出現，以免被人看出替身計畫的破綻。

「那麼今天就這樣了，要是有什麼問題，我會再找妳。」

「啊——明明沒做什麼激烈運動，可是卻會覺得累呢。」

紅榴一邊轉動手臂、一邊嘆氣，這純粹是精神上的疲憊。

「吃點東西吧……喂！外面的，我肚子餓了！」

紅榴毫無儀態可言地轉頭大喊。

在花園外面待命的侍衛們聽見後，一邊發出「沒有教養的傢伙」、「畢竟是獸人嘛」、「區區獸人還這麼囂張」的抱怨，一邊匆匆準備點心。雖然他們討厭紅榴，但要是因為怠慢對方而惹惱女王陛下，反而得不償失。

在等待點心送來的期間，伊蒂絲依舊拚命在筆記本上寫東西。紅榴雖然好奇，但因為她看不懂人類的文字，所以只能無聊的在旁邊跳來跳去打發時間。由於動作太過粗魯的關係，身上的禮服變得凌亂不堪，一點也看不出原來的光鮮風采。

「我說妳也真勤勞。寫字有這麼好玩嗎？」

對於伊蒂絲的創作熱情，紅榴表示無法理解，因為她是那種看到文字就會覺得頭暈的人。

雖然獸人不想承認，但人類的文明程度確實勝過獸人一大截，但諷刺的是，造成這種情況的原因在於雙方的個體實力差距過大。

人類只有魔法師才能操縱外部元質粒子，獸人卻是全體都有攝取元質粒子強化肉體的能力。正是為了彌補與生俱來的天賦差距，人類才會努力發展魔導科技，連帶推動了整體文明的進步。

「從無到有製作一樣東西的確很有趣。過程雖然辛苦，但能夠體會到成就感與滿足感。我有點能理解歐蘭茲大人在創造我們時的心情了。」

伊蒂絲頭也不抬地回答。

「又是歐蘭茲。老是提那個名字，妳都不煩啊？」

伊蒂絲看了紅榴一眼，然後用鼻子發出輕蔑的冷哼。

「果然獸人都是一群空有肌肉的野蠻傢伙。就是因為你們的腦袋太不管用，所以歐蘭茲大人才對你們沒興趣。看在妳如此無知的分上，剛才的失言我就當作沒聽到吧。」

聽到這種有輕視魔王之嫌的發言，就算是跟紅榴相處融洽的藍色人格，也會展露出強烈的敵意。

如果說出這些話的是紅色人格，紅榴早就捲起袖子打過去了，但因為開口的是藍色人格，所以她沒有這麼做。對看得順眼的對象，紅榴的容忍度一向很高，據她本人的說法，這叫「獅子族公主的器量」。

「我知道歐蘭茲是人類的大人物沒錯啦，不過妳也太迷他了吧？人家都已經死這麼久了。」

「胡說八道，歐蘭茲大人才沒有死呢！」

「不，實際上是死了沒錯……啊，是那個嗎？雖然他已經死了，但還活在我心中之類的？」

「快住口，另一個我已經忍不住要跑出來了哦！妳再胡說，我也要生氣了！」

「好啦好啦，我知道了。」

紅榴對伊蒂絲投以憐憫的眼神，心想不管是藍色或紅色，果然都是活在妄想世界的人物。

（雖然我們獸人也會崇拜英雄，不過到這種程度就太誇張了……歐蘭茲是那麼偉大的人嗎？）

歐蘭茲的恐怖，僅流傳於人類之間。

當初歐蘭茲所挑戰的對象只有人類諸國，獸人並不在他的征討範圍內，至於理由，則無人明白。有一部分的歷史學者認為，這是因為獸人的聚集地遠比人類分散，政治結構也更加鬆散之故，因此不容易征服。另有一派的學者則認為這是因為人類的戰爭潛力比獸人更加強大，歐蘭茲採用的是先難後易的戰略，只要征服人類，收服獸人便是舉手之勞。

由於沒有跟歐蘭茲接觸過，所以獸人對於歐蘭茲的認識，僅止於「好像是非常厲害的人類魔法師」這一點而已。

「妳也是，桃樂絲也是，為什麼都要說歐蘭茲大人死了呢……明明大人是不會死的……」

伊蒂絲重新低頭與筆記本奮戰，同時不斷自言自語。聲音雖輕，卻瞞不過獸人的敏銳聽力，於是紅榴眼中的憐憫之情變得更深了。

（這世上怎麼可能有不會死的人？看來這傢伙不只腦袋有病，而且還病得很重。）

這時紅榴突然想起來，伊蒂絲曾提過她是為了確認歐蘭茲的生死，才會跟莫浩然一起行動的。屆時若是得到不幸的消息，這位魔王狂熱分子會變成什麼樣子呢？紅榴有點好奇。

「啊，對了，早上那件事妳覺得該怎麼辦？」

伊蒂絲突然問道。

「早上……？哦，那個啊？隨便啦。要是情況不妙，逃跑就好了。」

紅榴的答案簡單到讓人不知該如何是好。

這次換成伊蒂絲用憐憫的眼神看著紅榴了。這種人竟然會是公主，獸人的前途實在堪慮。

「哪有這麼容易的事。」

「就是因為不容易才有挑戰的價值呀！帶小桃桃一路打出去，光想就覺得刺激。」

紅榴的裙子突然開始晃動，而且還發出噗沙噗沙的聲音。這是因為感到興奮，藏在裙子下的尾巴忍不住甩動的關係。

「說得真輕鬆，一不小心可是會死的。」

「因為小桃桃救過我嘛。與性命有關的恩情，就要賭上性命去償還。這是我們獸人的習慣。」

「是獸人的？還是你們獅子族的？」

「都有。尤其是我爺爺，對這種事特別嚴格。」

「……妳不說的話，不會有人知道吧？」

「不，爺爺一定會知道。沒有人可以在爺爺面前隱瞞事情，不管什麼事，大家都會老實地說出來，不管是偷吃東西還是偷偷交配。」

「……聽起來像是某種魔法。」

紅榴的描述讓伊蒂絲聯想到魅惑之型。但獸人不會魔法，此事眾所皆知，所以或許是某種類似魅惑之型的特殊能力吧？

「因為沒人可以騙過爺爺，所以爺爺最討厭別人對他說謊了。要是我敢騙他已經報恩了，絕對會被痛揍一頓……不對，搞不好會被直接取消繼承權。就算我領悟了獅子心也一樣。」

「獅子心？」

「我沒說過嗎？嗯……好像只對小桃桃講過？那個是……唔嗯……該怎麼說呢……反正就是一種很厲害的東西，只有領悟了那個才能當族長。啊，爺爺就是懂得獅子心，所以才沒人騙得了他。」

「哦，真是方便的能力……所以那個獅子心到底是什麼啊？」

「就是因為不知道，才要自己領悟啊！」

「妳所謂的領悟，就是到處找怪物打架，最後還被人類魔法師捉住嗎？」

「那只是一點小失敗！爺爺說過，沒有受過傷的獅子，絕對無法領導獅群，這是榮譽的負傷！」

「好吧，那妳離家也有一段時間了，有領悟到什麼嗎？」

「沒有！」

紅榴挺起胸膛，一臉理直氣壯地回答。伊蒂絲用像是在看白痴一樣的眼光看著她。

這種貨色竟然是公主，獅子族的未來真的沒問題嗎？

※◆※◆※◆※

在開完一個臨時會議之後，札庫雷爾秘密地回到了自己的宅邸。

若是認識札庫雷爾的人見到這一幕，一定會感到不可思議，甚至以為自己認錯人了。畢竟札庫雷爾個性剛直嚴謹、公私分明，不可能做出這種上班時間偷溜回家的事。

然而，今天的札庫雷爾確實這麼做了。

一個人突然做了往日不可能做出來的事情，必定有其理由。

札庫雷爾獨自走在通往地下倉庫的暗道，鞋跟敲擊地面的聲音在石壁上來回反射。

此處雖然不見天日，卻沒有溼氣與霉味。一個秘密的空間，有時候會帶來不少方便，許多貴族都會在自己家裡建造這樣的密室。

穿過為了防禦方便而刻意建得曲折的走道後，札庫雷爾來到了秘密倉庫。走道出口站著一名中年男子，他一見到札庫雷爾，立刻舉手敬禮。

「辛苦了，去門口守著。」

中年男子什麼話也沒說，沉默地執行札庫雷爾的命令。他是札庫雷爾的衛士，服侍札庫雷爾家族的時間已經超過二十年，忠誠度方面絕對沒有問題。

即使如此，札庫雷爾還是謹慎地等到那名衛士深入走道、絕對察覺不了這裡的動靜後，才進入倉庫。

倉庫並不大，根據地上的汙漬與磨痕，可以看出這裡原本擺了一些東西，但那些東西已經不在了。取而代之的，是簡陋的床鋪、擺滿藥品的櫃子、裝著應急食物與水壺的箱子、以及一對桌椅，倉庫角落用布簾隔了一個空間，那是用來暫時擺放汙物與垃圾的地方。

床上躺著一名有著砂色頭髮的男子，他的雙眼緊閉，身上綁滿繃帶，一眼就能看出身受重傷。

此人正是麥朗尼・里希特。

「札庫雷爾？」

里希特沒有張開雙眼。他的聲音非常虛弱，往日的銳氣消失得無影無蹤。

「嗯，是我。」

札庫雷爾走到床邊。

「感覺怎麼樣？」

「很不好。」

「抱歉，沒辦法準備更好的地方給你養傷。」

「……別在意，這也是沒辦法的事。」

里希特被暗中送回首都後，札庫雷爾便將他藏在自家的地下室秘密接受治療。在這個時間點上，里希特重傷的消息極有可能變成新的火種，讓一些不安分的傢伙迫不及待地跳出來。

札庫雷爾貴為公爵，一舉一動莫不引人注目，就連家裡有點風吹草動──例如買了新的家具、或是獸車重新上漆之類的小事──都會變成貴族茶會的談資。若是醫師出入太過頻繁，很容易引起有心人的注意。如果要秘密養傷，最好的方法還是將里希特送出首都，但安全方面的風險就會大幅升高。

這時候，札庫雷爾忍不住羨慕起獸人來。

獸人的自癒能力極強，據說有些獸人強者就算手臂被砍斷了，只要把斷臂接上，一個晚上就能徹底痊癒，完全不需要任何特殊處理。獸人不會魔法，但這種自癒能力已經跟魔法沒兩樣了。

獸人可以從食物中攝取元質粒子強化體質，許多人認為這種特殊體質就是那種奇蹟般的自癒力的理由。魔導科技的其中一個研究方向，就是透過紋陣或藥劑得到這種體質，可惜至今無人成功。

「已經照你說的，將事情告知桃樂絲了。」

札庫雷爾手指輕輕一勾，一旁的椅子在魔力的牽引下自動飛到他腳邊。

「不過，這樣沒問題嗎？她們有可能生出背叛的心思。」

提議將里希特重傷的消息告知莫浩然一行人的，正是里希特自己。

昨晚里希特提出這個建議後就再度陷入昏迷，札庫雷爾也就沒機會詢問原因。札庫雷爾認為里希特會做出這種判斷必定有其理由，因此雖然抱有疑慮，還是告知了莫浩然一行人此事。

里希特沒有立刻回答，眼睛緊閉像是睡著似的。不過札庫雷爾知道他沒有睡，因此繼續說出自己的想法。

「當然，她們到目前為止都表現得很好……不，應該說好到遠遠超出我們的預料。但是，她們身上依舊存在不少疑點。目前的處境已經夠糟了，我們不該再承擔更多的風險。難道你期待她們提出值得一用的計策嗎？」

雖然當初札庫雷爾有對莫浩然說「希望幫忙想點辦法」，但那不過是隨口一提。所謂的計策，是必須建立在情報之上的東西。在缺乏情報的狀況下所想出的計策，跟用沙子堆出來的城堡沒什麼不同，脆弱得不堪一擊。莫浩然等人的行動受到限制，對外界的變化一無所知，札庫雷爾完全不覺得莫浩然一行人能想出什麼好點子。

札庫雷爾說完後便不再開口。令人難受的沉默支配了房間。

「……不是不可能。」

過了好一會兒，里希特才用虛弱的聲音說道。札庫雷爾聞言不禁皺眉。

「理由呢？」

「……直覺。」

札庫雷爾一瞬間以為對方在開玩笑，但下一瞬間便揮去這種想法。里希特不是喜歡開玩笑的人，尤其是在這種時候。

「直覺？沒想到會從你口中聽見這種話。我還以為躺在床上的是亞爾卡斯呢。」

「你還記得傑諾．拉維特嗎？」

「當然。」

不可能忘記的。

傑諾．拉維特——輔佐莎碧娜登上王位，最後又背叛莎碧娜的英雄。不論智謀或戰鬥力都是最頂級，甚至可以說如果沒有他，就沒有現在的莎碧娜，也沒有現在的雷莫吧？那個男人的存在就是這麼重要。

但，為什麼要提起那個人？

札庫雷爾心生疑惑，但里希特接下來所說的話，讓他為之屏息。

「桃樂絲可能與他有關係。」

「——什麼！」

札庫雷爾猛然從椅子上站起來。

札庫雷爾一向給人沉穩如山的印象，如今卻為了傑諾．拉維特這個名字而動搖。

「你有什麼根據！」

「……沒有直接的證據。不過，她的領域侵蝕跟那個人很像。」

「領域侵蝕……！」

札庫雷爾的臉色變了。

這是很有說服力的證據。

領域侵蝕不是能夠隨便模仿的東西，就算是長年朝夕相處的師徒或父子，也很難將侵蝕技術正確無誤地傳承下去。因為無法用語言及文字傳達，所以在教授過程中，其技術必然會隨著一個人的性格、能力與悟性而出現微妙的變化。

正因為領域侵蝕極難模仿，若是有兩個人的侵蝕技術很像時，他們之間必然存在著某種密切關係。

「你確定沒有弄錯？」

「對於差點殺了我的人的侵蝕技術，我不可能弄錯。」

札庫雷爾一時間說不出話來。

沒錯，里希特曾經挑戰過傑諾．拉維特。

在傑諾向莎碧娜提出以王位為賭注的挑戰書後，忠心耿耿的里希特怎麼可能沒有動作？當時莎碧娜嚴令部下們不准輕舉妄動，但里希特還是違背了命令，前去暗殺傑諾，結果當然是失敗了。

魔法師之間偶爾也會互相比試，札庫爾雷也曾與傑諾切磋過，但在那種情況下沒人會拿出真功夫。因此了解傑諾底細的人，除了莎碧娜以外，恐怕就屬曾經抱著死亡覺悟進行暗殺的里希特。

「既然知道她跟那個叛徒有關，你還找她合作？」

「為了陛下，只要是可以利用的東西都要利用。」

札庫雷爾深吸一口氣，然後重重坐回椅子上。

「……你說得沒錯。就算與那個叛徒有關，為了陛下，能利用的東西都要利用。要我把手上的情報都交給她嗎？」

「不用做到那種地步。」

「為何？」

「知道的太多，有時反而會引發意外。」

「……哼。」

札庫雷爾冷哼一聲。並不是對里希特的說法不以為然，只是對這種算計人心的行為感到厭煩罷了。

「我知道了，關於桃樂絲的話題就先打住吧。我們接下來該怎麼辦，你有什麼補救的計畫嗎？」

札庫雷爾經過一晚上的思考，自己也想出了幾個點子，但不論哪個點子都伴隨著巨大的風險。

例如，將真相告知其中一位侯爵，讓對方取代里希特搜索女王。但其他侯爵並不像雷莫雙璧與鋼鐵獵犬一樣，對莎碧娜懷抱著無比堅定的忠誠，他們背叛的可能性很大。

又或是，把事情完全交給里希特的部下去做。但問題在於，對方是否有這個能力呢？他們剩下的時間不到一個月，沒有浪費的餘裕。

另外一個方法，就是讓札庫雷爾帶著莫浩然等人前往東境。但一來很難找到合理的藉口，再來首都無人坐鎮也是一大隱患。

就這樣，札庫雷爾把他所能想到的方法全部說了出來，供里希特作為參考。

「……不愧是札庫雷爾，我想不出更好的計策了。」

過了好一會兒，里希特緩緩說道。

聽在此時的札庫雷爾耳中，這句讚美簡直比罵他還要糟糕。

「你——」

「我覺得，我們似乎忽略了一些東西。」

「什麼？」

「夏卡・巴魯希特——這個人的重要性，可能超乎我們想像。」

「夏卡・巴魯希特？那個奇怪的魔導技師嗎？他有什麼問題？」

「之前沒來得及說……我親眼見到他對庫布里克公爵下命令。」

札庫雷爾瞪大了雙眼。

「你——」

彷彿預料到札庫雷爾會做何反應似的，里希特搶先說了下去。

「我知道這聽起來很不可思議，所以我一直在思考，那究竟是我聽錯了？還是對方慌張之下的口不擇言？我現在可以很確定地告訴你，都不是。那個魔導技師，確實是在命令庫布里克公爵。令人難以置信的是，庫布里克公爵也聽從他的指示。」

用有些激動的聲音一口氣說完後，里希特大口喘氣。他的身體已經衰弱到連說話都很吃力。

札庫雷爾眉頭深鎖，宛如石像般僵坐著。

這是里希特差點賠上性命所得到的判斷，他無權也無法否定其價值。

但，這個結果實在太過匪夷所思。

會走上魔導技師這條路的，以低階貴族居多。其中絕大多數都是為了討生活，只有少數才是基於興趣。因此魔導技師雖然對人類社會的貢獻很大，但在貴族社會的地位並不高。

就算庫布里克公爵再怎麼禮賢下士，也不可能任憑一介魔導技師指使。假設里希特沒有弄錯，那麼老公爵必然是基於某種原因，才會按照面具技師的命令行動，但札庫雷爾無論怎麼想都想不出那個原因的真相。

「那麼——」

就在札庫雷爾開口的瞬間，一陣清脆的鈴聲打斷了他。

那是掛在角落的銅鈴，它的作用是警示。守在門口的衛士如果有事通知，就會拉動銅鈴，若是聲音急促就代表有人入侵。札庫雷爾坐在椅子上屈指一彈，用魔力輕柔地扯動牆上的拉繩，那條繩子連接著倉庫門口的銅鈴。

收到信號的衛士很快就跑了進來，接著恭敬地遞上一封信。

札庫雷爾拆信一看，然後倒吸一口氣。

「怎麼了？」

札庫雷爾看著里希特，用沉重的聲音緩緩開口。

「庫布里克公爵要出兵了。」

※◆※◆※◆※

奈優．巴納修用看似穩重實則迅速的步伐走過長廊。

身為高階軍官，必須謹言慎行。如果上司露出慌亂的醜態，下面的人也會變得浮躁不安。因此就算有天大的急事，也必須臨危不亂，表現出一切盡在掌握中的鎮定模樣。

但有些事是不能等的，尤其是跟戰爭扯上關係的事情。有時慢上一秒，可能就會造成難以挽回的遺憾。大部分的高階軍官遇到這種緊急狀況，通常會一邊擺出「放心吧，什麼事都沒有」的冷靜表情，一邊用瞬空之型快速移動。在士兵看來，這一幕就像某個長官閒著沒事在炫耀自己的魔法技術——事實上這種人在軍中的確很多——所以也就不會多加留意。

遺憾的是，巴納修不是魔法師，所以這種方式她學不來。但巴納修是一位聰穎的女性，她很快就找到了變通的方式，其靈感來自於家裡的女僕——為了不影響房子的氣氛，女僕們被告誡就算有急事也不准跑步。於是巴納修費了一番心血，學會了「用端莊冷靜的姿態快速行走」的女僕流改良式步法。

巴納修就這樣一邊捧著厚厚的文件，一邊用自創步法快速行走。雖然內心焦灼不已，但當路上的士兵向她敬禮時，她也不忘一臉平靜地點頭還禮。

過了不久，巴納修終於走到了長廊的盡頭。

長廊盡頭是一扇大門，兩名士兵分立左右站在門外護衛。他們一見到巴納修便立刻舉手敬禮，巴納修對他們輕輕點了點頭，然後用手指輕叩大門。

「誰？」

門後傳來男人的聲音。

「勛爵奈優．巴納修，請示入內。」

巴納修用清亮的聲音說道。

在雷莫軍中，不論軍官或士兵，在報上頭銜時都會用爵位代替，只有軍團級指揮官才會被授以軍銜。這是因為一支部隊裡面可能會有複數的同階魔法師，為了分辨誰是領導者，便用軍銜作為標誌。

「進來。」

得到允許後，巴納修打開了大門。門後是一個寬廣的房間，房裡的家具盡是看起來十分昂貴的高價品，亞爾卡斯正蹺著腿坐在厚重的辦公桌後面，面帶微笑地看著她。

「喲，我的副官，午安。今天真是個晴朗的好日子，不是嗎？簽署公文的時間應該在一小時之後才對，妳是為了跟我一起喝杯下午茶才特地過來的嗎？」

「並非如此，亞爾卡斯大人。」

「這樣啊，那妳有興趣跟我一起喝杯下午茶嗎？」

「沒興趣，亞爾卡斯大人。」

巴納修想也不想地拒絕了，亞爾卡斯聳了聳肩。

「好吧，強迫淑女的事情，只有不解風情的蠢蛋才會做。那麼，巴納修，我希望妳是為了帶給我好消息才會突然過來。」

「這是關於補給的追加計畫書與軍隊的調動文件，都是急件，請您蓋章。」

巴納修像是存心要打碎對方的幻想般，將手中的文件重重地放到了辦公桌上。亞爾卡斯嘆了一口氣。

「我說啊，巴納修，這些東西——」

亞爾卡斯伸手翻了翻文件，當他看見夾藏在文件裡面的東西時，眼眸深處閃過一道銳光，原本的抱怨也立刻變了內容。

「——應該早點拿過來才對吧？偏偏在我的休息時間把它們搬來這裡，這不是給我找麻煩嗎？」

「真抱歉。」

「算了。妳坐在旁邊等一下，等我看完妳就直接拿走。」

「是。」

巴納修依言坐入了位於房間牆壁旁的座椅，亞爾卡斯則是抽出了藏在文件裡面的紙條，然後打開抽屜，拿出一本小手冊。

紙條上面寫的不是文字，而是奇怪的符號。

這是密碼。

為了防止情報外流，重要的機密文件都會以密碼形式撰寫，受文者再利用手中的譯本進行破解。另外，雷莫軍的情報密碼還會根據受文者的階級使用不同的版本。亞爾卡斯的位階是元帥，他使用的密碼只有同為元帥的札庫雷爾才能破譯。

這份密碼文件是亞爾卡斯引頸期盼的東西，所以巴納修一收到，立刻找了一個藉口將它送過來。就算這裡是本國城市，但現在是戰時，而且又是最前線，再怎麼小心都不算過分。

亞爾卡斯也理解保密的重要性，所以剛剛才會配合巴納修演戲。自從晨曦之刃深入滲透軍隊的事情曝光後，兩人不時會上演這樣的戲碼。雖然很麻煩，但在徹底剷除毒草之前，這樣的防範措施還是有其必要。

破解密碼是一件頗為費時的工作，雖然只有一頁密碼，亞爾卡斯還是花了半小時才完成這件工作。

看著手中的破譯文件，亞爾卡斯的表情蒙上一層陰霾，顯然裡面寫的不是什麼好消息。一旁的巴納修看得心中忐忑，但她仍然謹守分寸，沒有貿然出聲詢問。

亞爾卡斯將密件揉成一團牢牢握在手中，然後慢慢地從椅子上站起來，轉身面向窗戶。巴納修敏銳地感覺到上司的心情變得非常不好，暗暗猜測紙上到底寫了什麼。

「巴納修。」

「屬下在！」

巴納修立刻站起來。

亞爾卡斯沒有回頭，只是將手中的紙團向後一拋。彷彿背後長了眼睛一樣，紙團準確無誤地扔到巴納修面前，巴納修伸手將它接住。

「看吧。」

得到上司的允許，巴納修立刻打開紙團，然後倒吸一口氣。

「……您確定沒弄錯嗎？」

巴納修忍不住反問，她的聲音有些顫抖。

亞爾卡斯能夠理解自己的副官為何會是這種反應，因為連他看到了這個消息時，也以為自己譯錯密碼，還特地確認了兩遍。

「沒有。」

「這實在……庫——他瘋了嗎？竟然做出這種事？」

巴納修差點說出老公爵的名字，不過及時改口。

紙上寫的，是庫布里克公爵出兵的消息。

在雷莫曆一四〇六年，始夏之月二十四日這一天，庫布里克公爵發布了動員令，要求周邊的領主帶著軍隊至撒謝爾城集合。二十九日，庫布里克公爵率軍前往巴爾汀，麾下軍隊號稱一萬人。

當然，這一萬人裡面究竟有多少人可以派得上用場——也就是能夠自由運用在戰場上的魔法師總數——是必須打上問號的。不過俗話說得好，一頭獅子率領的一群綿羊，比一頭綿羊率領的一群獅子要來得強大。晉升為王級魔法師的庫布里克公爵無疑是一頭凶猛的雄獅，就算這一萬人大部分是騎士，戰力依舊不可小覷。

但巴爾汀有女王，有札庫雷爾，還有無數貴族，若當真兵戎相見，庫布里克公爵不可能有勝算。他為什麼要做出這種近乎自殺的行為呢？巴納修無法理解。

「是示威嗎……但做到這種程度，也太……」

巴納修急速轉動自己的腦袋，想為老公爵的狂悖行動找出一個合情合理的解釋，但不論她怎麼想，都不覺得這個決定有任何好處。老實說，這已經跟公然宣戰差不多了。

看著苦苦思索的副官，亞爾卡斯暗自嘆了一口氣。

巴納修不可能想到理由的，知道如今那位坐鎮黑曜宮的女王是假貨的人，用兩隻手就數得出來。庫布里克公爵的行動在巴納修眼中或許是最壞的一步，在他看來卻是最可怕的一步。

「亞爾卡斯大人，我建議徹底固守本城。庫布——大後方的事情就交給陛下，我們該做的，是別讓亞爾奈軍給陛下添麻煩。」

巴納修提出了在正常情況下堪稱良策的建議，偏偏亞爾卡斯不能這麼做。

「不，巴納修。我打算全力出擊，把不請自來的客人轟回老家去。」

「……為何？只要大後方的問題一解決，陛下那邊就有餘力派兵支援，到時勝算不是更高？」

巴納修對上司的決定提出質疑。

她認為目前女王與陸戰軍團元帥之所以坐鎮首都，就是為了震懾老公爵。現在既然老公爵露出叛意，女王也就有了出兵討伐的大義名分。

一旦莎碧娜與札庫雷爾聯手，庫布里克公爵必然敗亡，屆時札庫雷爾就能率軍前來支援，一舉打破目前的僵局。

如果換成別的指揮官，巴納修會懷疑對方是為了貪圖功勞才做此決定，但她知道眼前的上司不是這種人。

亞爾卡斯雖然因為輕浮的言行為自己招來不少惡評，但沒有任何一個人會罵他有勇無謀或好大喜功，莎碧娜也不會把空騎軍團元帥的位子交給這種人。若是撕開那層輕浮的外皮，充填於其中的絕非愚昧與驕狂，而是足以應對任何危局的智謀與膽氣。

「……理由不能說，但我可以告訴妳，後面的問題沒妳想像得那麼簡單。我們必須回去支援。」

巴納修聞言心中微微一凜。聰穎如她，已經猜出首都那邊恐怕出了什麼變故。

「巴納修！」

「屬下在！」

「我要召開緊急軍議。一小時後，我要所有軍官立刻在我這裡集合！」

「是！」

如同電流般的緊張感貫穿了巴納修的身體，讓她的聲音不自覺高亢起來。

※◆※◆※◆※

「雷莫軍近期之內可能會主動出擊。」

克拉倫斯．哈帝爾突然說道。

「你又在當預言家了嗎，大叔？夢話請在睡覺的時候說。」

一旁的卡薩姆頭也不抬地說道，口氣顯得相當不友善。

此時的卡薩姆正坐在自己的辦公桌前面，與成堆文件奮戰。那堆文件包含了作戰計畫書、下屬的陳情書、戰地勘查報告、物資存量表，以及來自國內的情資。

哈帝爾以鍛鍊為名義，把這些事情全部扔給自己的副官去處理。對一位年僅十二歲的少年來說，這種工作量明顯過重了，但卡薩姆卻能處理得井井有條，天才少年的頭銜絕非浪得虛名。

只不過當自己正在埋頭工作的時候，卻有個閒著沒事做的傢伙在旁邊大放厥辭，這種情況下沒有人會覺得愉快，哪怕對方是自己的上司。當然，這也是因為卡薩姆知道哈帝爾不會跟他計較這種事。

「人家在城裡面躲得好好的，沒事幹嘛出來跟你打？他們只要等我們糧食吃光，然後趁我們不得不後撤的時候來個大反攻就好。」

說完，卡薩姆還拿起一份文件抖了抖，那是記錄物資消耗的報表。他正在變相提醒自己的上司：「我們的糧食快沒了。」

不論是地球或異世界，軍事行動都與補給脫離不了關係。沒飯吃的軍隊打不了仗，這點就算是魔法師也無法改變。補給的力量決定了軍隊的續戰力，連這點都不瞭解的人根本沒資格當指揮官。

哈帝爾不可能不瞭解，而對面的亞爾卡斯也是如此。正因如此，雷莫軍才會一直按兵不動，跟亞爾奈軍打起消耗戰。

不，用按兵不動來形容並不正確。更貼切的說法是雷莫軍正利用亞爾奈軍過於深入的缺點，避開正面決戰，不斷騷擾亞爾奈軍的補給線，給哈帝爾的部隊帶來極大負擔。

「大叔，我們在雷莫玩得夠久了吧？再待下去，你的立場可是會變得很不妙啊。」

卡薩姆用力搔了搔他那頭明亮的紅髮，表情顯得有些煩躁。

當初亞爾奈的戰略是，透過哈帝爾的軍事行動，試探雷莫女王失蹤一事是否屬實。如果答案為是，那麼哈帝爾就趁機奪取城市，建立進攻的橋頭堡。如果答案為否，便見好就收。

如今的情況卻又如何？雷莫女王看來並未失蹤。雖然亞爾奈軍成功打下一座城市，但這座城市卻孤懸敵境，如果沒有大將駐守，很容易就會被雷莫軍奪回去。留著不易，棄之可惜，這座城市反而變成了戰略上的負擔，實在諷刺。

以結果來說，這場由哈帝爾一手策劃的作戰已經算是失敗了，軍部大本營也同樣看出這一點。

事實上，卡薩姆桌上的那堆文件裡，其中就有一封來自本國的質問函，內容大意是：為何要堅持與敵軍在前線對峙？不戰又不退，究竟有何打算？如果有對策，又為何不回報本國？

「我猜這一定是那個老太婆搞的鬼，再不行動，大叔你就真的要倒楣啦！」

卡薩姆把那封質問函從文件堆中抽出來，在手中晃了晃，並且露出嫌惡的表情。他口中的老太婆指的自然是亞爾奈三公爵之一的賽拉．艾坦希亞，她與哈帝爾交惡一事人盡皆知。卡薩姆認為一定是那個老太婆在陛下面前大進讒言，本國才會寄來措辭如此嚴厲的質問函。

哈帝爾只是朝質問函看了一眼，隨即移開視線，彷彿完全不在意似的。

「大叔，你之前說『很快就會改變』，要我等一等，可是現在已經等不下去。再不撤軍，那個老太婆可能會親自跑來找麻煩，到時問題就大了。」

卡薩姆的憂心是有前例可循的，有一次演習時裁判官不慎誤判，結果艾坦希亞直接掐住那名裁判官的脖子飛上天空，要對方用風好好冷卻一下過熱的腦袋，別再做出白痴的判決。那次事件被人稱為「繚亂之劍的大飛翔」，從此之後，大家都盡量避免招惹這位性格激烈的美女。

無視少年副官的憂心，哈帝爾用冰冷的聲音說道。

「再等一下。我說過，雷莫軍近期有可能主動出擊。」

「所以說，為什麼啊？他們幹嘛放棄眼前的大好局面，硬要跟我們打？難道你收到了什麼消息？那幹嘛不把這個消息發回國內，堵住那個老太婆的嘴？」

「還不是時候。」

「……大叔，你究竟在等什麼？」

哈帝爾沒有回答，只是對他下令。

「叫下面的人提高警戒，做好隨時出擊的準備，別被對方奇襲了。」

「……知道了、知道了啦。」

卡薩姆嘆了一口氣，然後從椅子上站起來，乖乖離開房間執行命令。碰上這麼一個喜歡奉行秘密主義的上司，真不知道自己是幸還是不幸，他心想。

雖然心中腹誹，但卡薩姆其實很喜歡這位上司。

所謂的貴族，其實是一個被傳統與偏見牢牢綁架的集團。

智者將歷史視為超越的對象，愚者卻將歷史視為仿效的目標。令人悲哀的是，世上的愚者總比智者要來得更多，就算是貴族社會亦然。

貴族們把自己的陳腐陋見當成榮耀，並且為這種不思進取的心態鍍上一層名為「傳統」的光環，強烈拒絕創新的事物。既得利益者害怕任何改變，因為這些改變有可能損及他們的利益，即使他們已經擁有了人類社會最大的利益，而且時間長達兩千多年。

卡薩姆從小——大概在八歲的時候——就對這種停滯的社會感到不可思議。

在他看來，這個世界的步伐太過緩慢了。

魔導科技至今已發展了一千八百年，並且被運用在各式各樣的民生與軍事用途之上。一般人可能會覺得這是社會進步的證明，但卡薩姆的私下感想卻是：「竟然只有這樣而已？」

「為什麼不對民間全面開放浮揚舟的使用呢？不但可以提高運輸效率，經濟也會變得繁榮。這樣一來，稅收就會上升，國家可以用這筆錢建造更多更新更好的浮揚舟，國力很快就會變強了啊？」

某一天，八歲的卡薩姆如此詢問父親。

面對兒子的疑惑，父親的回答是「事情沒那麼簡單」，但當卡薩姆進一步追問究竟哪個部分不簡單時，父親卻支支吾吾不肯回答，最後惱羞成怒把他趕出書房。

一年後，卡薩姆靠著自己的力量發現了父親當初為何惱怒的原因，以及當初那個問題的答案。

父親惱怒是因為——他根本不知道答案，也不想知道答案。

問題的答案則是——要是出現太多有錢的凡人，會妨礙到貴族的統治。

靈威可以鎮伏人心，但鎮伏不了金錢。凡人可以用金幣為武器，進而染指貴族的世界，最好的例子就是凡人可以透過供獻金錢取得爵位——不管是雷莫或亞爾奈都有類似的制度。

雖然只是不入流的最下位貴族，但要是放任這種情況繼續發展下去，會不會有一天凡人也能用錢買到高階爵位呢？那樣一來，貴族的立場又會變得如何？正是這樣的想法，讓貴族們出手斷絕了發展民間經濟的各種可能性，連帶使社會變得停滯不前。

找到答案的卡薩姆，變得更加困惑了。

在這個魔力至上的世界，人類不該是靠著有魔力者庇護無魔力者，無魔力者供養有魔力者的信念，建立互相扶持的秩序與機制嗎？為何現在狀況卻反過來，變成有魔力者封鎖無魔力者的發展，拖累了人類社會的進步？

這個被稱為魔法師的群體掌握了太多也太久的權力，由原先的守護者變成了可憎的寄生蟲，貪婪地吸食人類整體的活力。如果不是貴族們的壓制，魔導科技恐怕早就出現更多突破性的發展，人類的生存空間也會變得更大吧？

卡薩姆發現了社會的矛盾，卻也對所有人都忽視此一矛盾之事感到絕望。

有的貴族是壓根就沒有發現，認為自己與生俱來就應該高高在上，絲毫沒有自己應該帶領眾人走向繁榮之路的責任感。有的貴族發現了這件事，卻因為不想改變現狀，所以裝作沒有發現。然後，他們用名為傳統的盒子將這種自以為是的態度與沒有底限的貪婪包裝起來，將其奉為至高無上的準則。

雖然身為貴族的一分子，卡薩姆卻對貴族們失望透頂——直到遇見自己的上司，克拉倫斯．哈帝爾為止。

這個沉默寡言的黑髮男子獨排眾議，硬是任命年僅十歲的卡薩姆為副官。他用實力與智謀強硬地粉碎了貴族們三句話不離嘴邊的「傳統」，將自認正確的事推動到底。

（原來貴族之中，也有如此厲害的人物！）

席德．卡薩姆有生以來第一次佩服別人。他覺得如果是哈帝爾的話，一定能為這個世界……不，至少能為這個國家揭示新的道路吧？

卡薩姆決定幫助哈帝爾。他想要一直跟在這個黑髮男子的後面，看對方究竟能夠走

到什麼地步。

「……希望你的判斷沒有錯啊，大叔。不然你的前途可就到此為止，我也看不到好戲了。」

卡薩姆用僅有自己能聽見的聲音喃喃說道。

※◆※◆※◆※

一名黑衣人藏在岩石的陰影下，謹慎的不讓自己沐浴到一絲一毫的月光。

此人穿戴著漆黑如夜色的面具與護甲，那是亞爾奈特殊部隊「影伏」的制式裝備。

這名影伏躲在岩石下，監視著遠方的動靜。今晚的雲層有點厚，月亮時隱時現，但這難不倒他。每一個影伏都是魔法師——雖然以最低的男爵位階居多——因此他們可以利用元質粒子的映射看穿黑暗。

影伏乃是亞爾奈軍務參謀總長克拉倫斯·哈帝爾的直屬部隊，如今哈帝爾出征雷莫，沒有理由不把這支部隊一起帶出來。雖然只有區區二十人，但只要運用得當，他們的作用比兩千名騎士要來得大。

這名影伏正在監視哈帝爾部隊恰在攻打的城市，也就是在進行俗稱斥候的任務。

在地球的冷兵器時代，能擔任斥候的往往是最精銳的士兵。他們必須孤身深入敵陣，在缺乏同伴掩護的情況下搜索情報，這樣的工作不是身手高強、反應靈敏的人根本做不來。就算進入了熱兵器時代，偵察兵對於體能與軍事技能的要求也比一般士兵來得嚴苛，堪稱常規部隊的特殊兵種。

在這個名為傑洛的異世界也是如此，只有精銳才能成為斥候。

但斥候的工作再怎麼重要，若讓魔法師來擔任的話，那就有點小題大作了。不，對魔法師來說，做這種跟凡人沒兩樣的工作，簡直就是一種侮辱。

不過這名影伏沒有怨言，只是默默地執行自己的工作。

事實上，這個任務原本就是由一般部隊負責的，只是今天下午哈帝爾突然下令，要增派影伏監視城市。換句話說，哈帝爾認為接下來很可能會發生什麼事，必須借用影伏的力量。

哈帝爾的判斷極少出錯，因此影伏們毫無牴觸情緒地接受了命令。從這點便可看出哈帝爾對影伏部隊的強大掌控力。

魔法師是天生的貴族，要統率一支全由貴族所組成的部隊可不是那麼容易的事。在哈帝爾接手影伏之前，這支特殊部隊可是出了名的難以控制。

這名影伏稍微動了因久坐而變得有些痠痛的身體，視線從城牆落到了附近的田地。

不論是哪個國家，城市的格局大多一樣：內城的貴族區，外城的平民區，與城外的貧民區。

會居住在貧民區的，主要是沒有特殊技能，只能從事簡單勞力工作的凡人，因為付不起高昂的稅金，只好在城外定居，若是怪物來襲，他們往往第一個倒楣。不過亞爾卡斯下令將這些貧民暫時收容至城裡，理由有三個：首先是憐憫，其次是避免亞爾奈軍掠奪勞動力，最後是不想讓貧民被拷問出城市的情報。

現在正值農忙時節，半夜巡田是常有的事，但由於亞爾卡斯的收容令，城外變得非常安靜。

影伏的視線掃了一圈，然後重新回到牆上。

高大厚實的城牆上站著好幾個士兵，他們都是凡人。只要有意，這位影伏隨時都可以跳上去把他們幹掉。不，也不用跳上去，一個穿弓之型就夠了。

（要不要教訓一下他們呢？）

因監視工作所累積的煩躁，讓他開始考慮起是否該將這個念頭付諸實行。

（哈帝爾大人好像也沒命令我們不要這麼做……可是將魔力用在這種小角色身上，太浪費了。）

就在影伏猶豫不定時，一道刺耳的異響驚醒了他。

那是鋼鐵摩擦的聲音。

影伏急忙看向聲音響起的方向，然後倒吸一口冷氣。

城門打開了！

一大群騎著捷龍的騎兵從城裡衝了出來，有如鋼鐵洪流般衝向西方——那是亞爾奈軍戰列艦停泊的方向。

緊接著，影伏發現一大片黑影落到了自己頭上，他抬頭一看，發現有數十隻白鷹飛上天空。影伏屏住氣息，等到這群騎兵離開後，他立刻掏出信號彈往天空一扔，隨即急速離開此地。

三百名騎兵奔馳在月色之下，他們的裝備極為豪華。

首先是坐騎。騎兵胯下的捷龍，是經過精心挑選與嚴格訓練的特種軍用捷龍，牠們體型巨大，耐力極強，全力奔馳時的速度高達七十公里。這種特殊捷龍馴養起來非常花錢，一般的城市防衛軍團通常不會馴養太多，何況是三百頭。

接著是武器。每頭捷龍的獸鞍上全都掛著三把魔導武器——內建穿弓之型的「奇肯亞拉一型」、內建穹弩之型的「奇肯亞拉二型」、和內建煌威之型的「波爾特二型」。

最後是鎧甲。那可不是普通的鎧甲，而是內建壁壘之型的魔導防具。這種鎧甲很沉重，價格也比同樣內建壁壘之型的魔導武器「摩坎」貴上三倍，它的防禦力非常高，但通常不會有騎士願意把錢砸在這種東西上面。

在這些騎兵的頭頂上，緊緊跟著五十三名白鷹騎兵。他們的裝備同樣不凡，就算用窮極奢侈來形容也不為過。

從這些貴得嚇人的武裝，就能看出這些捷龍騎兵與白鷹騎兵絕非一般的部隊。

他們是空騎軍團元帥亞爾卡斯與陸戰軍團元帥札庫雷爾的直屬部隊。

單一兵種很難應對瞬息萬變的戰場局勢，因此每逢戰鬥，空騎與陸戰軍團都會派出部隊協同作戰。當然，這種制度讓人有多此一舉之嫌，不如直接拆分成數個同時擁有空騎與陸戰部隊的軍團比較快，亞爾奈便是如此。

雷莫之所以採用這樣的軍制，事實上是為了政治方面的理由，也就是制衡將領，防止叛亂。莎碧娜曾一度有意更改軍制，但因為這會牽扯到複雜的人事安排，恐怕要花上數年才能完成，因此決定暫緩，將寶貴的時間先用在更重要的事情上。

雷莫軍由於軍制上的天然缺陷，造成了空騎與陸戰軍團的隱性對立，在作戰時很難完美配合。

然而這次的襲擊是由亞爾卡斯親自率領，他的威望足以弭平兩支軍團的裂痕。

當這支部隊從城裡衝出之後，他們的後方突然升起一道紅色的煙火。

「大人！我們被發現了！」

一名白鷹騎兵頭也不回地大喊，跟在他後面的，正是亞爾卡斯本人。

「無所謂，繼續前進。」

「是！」

一旦被發現，奇襲的效果就沒有了，不過這種程度的誤差仍在計算之內，畢竟對手是那個克拉倫斯．哈帝爾。

捷龍騎兵與白鷹騎兵的速度一點也沒有減緩，直奔位於前方三十公里處的亞爾奈戰列艦。

出城大約五公里後，不論是地面的捷龍騎兵或空中的白鷹騎兵，其陣形變得不再緊密，而是分成前後兩個梯次。

這並非刻意為之，而是基於某個原因所產生的自然變化。

「不愧是元帥大人的直屬部隊，程度就是跟我們不一樣。」

看著飛在前方的白鷹騎兵，加洛依城防衛軍第一大隊第三中隊文書官比爾．加洛克忍不住發出讚嘆。

加洛克是一名體型削瘦、膚色白淨的青年，看起來就像是長期坐在辦公桌前面的樣子，與文書官這個職業再相襯不過。事實上，加洛克經常跟著部隊在城外征討怪物，明明其他隊員都因為辛苦工作而培養出粗獷的氣質與相貌，偏偏只有他的外表始終不變，讓不少隊員羨慕不已。

「閉嘴！你會害我分心！」

加洛依城防衛軍第一大隊第三中隊隊長艾瑞．蓋爾低聲大吼。

此時的蓋爾正坐在加洛克前面，雙手緊緊握住韁繩，全神貫注地盯著前方，護目鏡下的雙眼幾乎快要瞇成一條線。空中的夜風冰冷刺骨，但他的額頭與脖子卻布滿汗水，這是因為緊張之故。

「隊長，你還好吧？你的聲音在發抖。」

「因為風的關係啦！叫你閉嘴你沒聽到嗎？不然換你來前面！」

「是、是，我知道了。」

加洛克面露苦笑，接著他環顧四周，發現在第二梯隊裡，他們的位置挺靠前面的，這表示蓋爾的飛行技術還算不賴。雖然比不上空騎軍團元帥直屬部隊的精英們，但在一般城市防衛軍之中，已經堪稱優秀了。

蓋爾與加洛克是在六天前來到前線的。

為了抵抗亞爾奈軍的侵略，亞爾卡斯除了親自率軍出征，還下令雷莫西境各城市必須調派人手前往支援，並且要求援軍的實力位階至少要騎士以上。

自從魔王寶藏事件發生之後，加洛依城防衛軍第一大隊第三中隊就被當權者視為麻煩分子。誠然，魔王寶藏一事跟他們完全無關，他們只是恰逢其會，不幸被捲入其中而已。但加洛依城卻因為此事迎來了人事上的大地震，超過二十位貴族遭到牽連與清洗。

這些人滿腹怨氣，但他們沒辦法對抗中央政府，於是把第三中隊當成了宣洩怒火的對象。身為隊長的蓋爾，以及隊中第二把交椅的加洛克，這兩人更是他們重點對付的目標。新上任的防衛軍團長似乎也覺得第三中隊是一種會喚來霉運的存在，對於這些沒落貴族的報復採取睜一隻眼、閉一隻眼的態度。

當加洛依城收到了亞爾卡斯的支援命令後，防衛軍團長毫不猶豫的把蓋爾與加洛克的名字寫進支援名單裡，顯然打著讓他們去前線送死的主意。

蓋爾與加洛克無奈地抵達前線城市，然後開始接受一連串的操練。

亞爾卡斯沒有讓外城援軍作炮灰的打算，他先將這些支援部隊另外編組，然後提供一流的裝備與強化訓練，好讓他們在接下來的戰役裡派上用場——或者保住性命。

這種仁慈的作法，正是亞爾卡斯受到士兵擁戴的原因。一想到自己的隊長不只一次將「真想在亞爾卡斯大人麾下做事啊……」、「一定要幫亞爾卡斯大人打贏這場仗！」

等話掛在嘴邊的樣子，加洛克的苦笑變得更深了。

因為無法像中央軍團直屬部隊一樣熟練地作戰，因此他們這些支援部隊以兩人一組的形式分編。就像現在，前面的蓋爾負責操控白鷹，後面的加洛克負責使用武器。

底下的捷龍騎兵也是如此，要一邊駕馭坐騎，一邊視情況輪換運用三種魔導武器，這不是區區幾天強化訓練就能辦到的事。

由於坐騎負重增加的關係，他們這些雙人一騎的部隊自然會被拋在後面。

儘管知道兩邊的實力本來就有落差，但蓋爾似乎不肯服輸，拚命想要跟上前面的第一梯隊。

「隊長，別忘了空戰準則！一開始就衝太快，到時白鷹會沒有力氣！我們這邊多了一個人，跟不上是正常的啦！」

過了一會兒，加洛克受不了地大吼。這位隊長什麼都好，就是骨氣與脾氣一樣硬。

「中央軍團的白鷹才沒那麼弱！」

「你到底是哪來的自信啊！」

「給老子閉——開始了！」

蓋爾的聲音驟然拉高，加洛克連忙挺直身體，視線越過蓋爾的肩膀投向遠方的天空。彷彿煙花炸開般，夜空爆出了點點光芒，遠遠望去極為美麗。加洛克不禁屏息，那些看似美麗的閃光，其實充滿了殺戮的氣息。每一道、每一團、每一點光芒，都是用來分割生死的殘酷信號。

「準備！要上了！」

「是、是——！」

加洛克的聲音也同樣不自覺地拉高。他照著訓練時學到的空戰準則，右手舉起奇肯亞拉一型，左手則放在奇肯亞拉二型的劍柄上，同時低聲唸誦教官的指示：「瞄準了再攻擊，別隨便揮劍浪費魔力」、「切換武器時最好先揮劍一次作掩護，以免被敵人趁虛而入」、「穹弩之型不能亂放，會害死友軍」……

「殺！把亞爾奈的豬玀趕回去——！」

蓋爾大聲咆哮。白鷹彷彿也感受到騎乘者的高昂戰意，同樣發出尖銳的鳴叫。

就這樣，兩名小小的下位貴族齊身投向戰場。

在地球，有關空戰的各種基本概念在二次世界大戰就已經開始成形。傑洛利用飛行騎獸戰鬥的歷史已有數百年之久，在空戰方面的各種知識自然也有長足的累積。

與地球不同的是，傑洛的空戰沒有編隊的概念。

將雙機或更多的戰鬥機編成一個小隊，僚機之間彼此掩護、誘敵、壓迫與攻擊，這是地球的空戰主流，一百多年來從沒變過。這是一種非常有效率的作法，但在傑洛並不盛行。

並非傑洛追求英雄主義，這是由兩個世界最大的不同點——魔力的有無——所造成的決定性差異。

要實現像地球一樣的戰術編隊，必須滿足一個前提，那就是各機之間能夠順暢地進行信號的收發。

透過無線電，地球的戰鬥機小隊可以完成極其複雜的戰術連動。傑洛的魔導科技並未發展出這樣的利器，因此雖然大家都能看出戰術編隊的好處，卻始終無法落實。

蓋爾死命抓緊韁繩，耳朵所能聽見的盡是呼嘯的風聲。這是他第一次騎乘白鷹在空中作戰，因此緊張得不得了。其實他很想被編入捷龍騎兵裡，沒想到在實力測驗中表現得太好，結果被選為白鷹騎兵，有時他真怨恨自己這種好強的性格，早知道就放點水了。

前方的空域已經陷入了激戰。

數十道灰色與白色的影子在月光下來回追逐。前者正是亞爾奈的龍獸騎兵，對方也是一身地方城市軍團無法比擬的豪華裝備。

蓋爾才剛進入戰鬥空域，立刻迎面衝來一位龍獸騎兵。

龍獸體型比白鷹更大，雖然機動性不如白鷹，但防禦力更高，雙方一旦正面撞擊，倒楣的一定是白鷹騎兵這邊。

蓋爾只覺得好像有一堵巨牆正高速撞向自己，首次空戰讓他的腦袋一片空白，幸好當初訓練的時候沒有偷懶，身體牢牢記得這種時候該怎麼做。只見他一拉韁繩，胯下白鷹立刻急速爬升，避開了互撞的結局。後方的加洛克連忙揮劍，耀眼的光彈射向敵人。

「該死！沒中！」

加洛克怒聲咒罵。要在高速移動的坐騎上瞄準高速移動的目標，本來就不是一件容易的事，實戰時的緊張感更是容易讓人失常。

「瞄準點，你這個白痴！」

蓋爾同樣大罵。跟地球的熱兵器不一樣，魔導武器沒有彈藥限制，但使用者卻是有極限的。要是不小心陷入靈魂安眠，下場只有死路一條。

「隊長，快回頭！我們從後面幹掉那傢伙！」

「還用你說——媽的！」

蓋爾再度大爆粗口，因為他看見有另一個龍獸騎兵從側面撞過來。他急扯韁繩，做了一個大幅度的轉彎想要閃避，沒想到對方緊緊跟了上來。

「追過來了——！」

「叫屁啊！快射他！」

「不行！他在正後方，沒辦法——他攻擊啦啊啊啊啊！」

「我操——！」

蓋爾與加洛克同時尖叫。龍獸騎兵的光彈宛如利箭般射來，經驗不足的兩人根本來不及應對，只能眼睜睜看著對方的光彈在自己的視野中快速擴大。

這時，發生了奇蹟。

或許是察覺到自己背上的那兩人全是菜鳥吧？白鷹在無人命令的情況下，主動做出了回避動作。

儘管如此，白鷹的動作還是慢了一步。

雖然沒被完全擊中，但白鷹的身體還是被光彈擦過，拉出一道巨大的傷痕。鮮血從傷口中狂噴而出，白鷹發出悲鳴，速度在疼痛的刺激下提升了一大截，一口氣衝出了戰鬥空域。

「隊長！甩掉他了！」

「沒有追過來？」

「沒有！」

「好啊！」

雖然不知道對方為什麼沒有趕盡殺絕，但兩人總算是逃過一劫。

白鷹已負傷，繼續正面戰鬥下去只是送死。蓋爾想起教官的叮嚀，操控白鷹在戰鬥空域外圍巡弋，努力尋找放冷箭的機會。

下一瞬間，一股巨大的壓迫感從天而降。蓋爾與加洛克頓時呼吸一窒，四肢變得僵硬。胯下白鷹彷彿被什麼東西驚嚇到一樣，倉皇調頭飛離此地。

不只是蓋爾與加洛克，其他白鷹騎兵也做出一樣的動作，甚至連對面的龍獸騎兵亦是如此。

每個人都直覺地知道究竟發生了什麼事。

兩邊的大將出手了！

※◆※◆※◆※

雷莫曆一四〇六年，升夏之月五日凌晨三點整，亞爾卡斯軍對哈帝爾軍發動攻擊，雙方於三點二十七分爆發戰鬥。

亞爾卡斯軍這邊的兵力，空中部隊共有五十三騎，包括了中央直屬白鷹騎兵三十騎，當地白鷹騎兵七騎，外城援軍組成的臨時白鷹騎兵十六騎；地面部隊共有三百騎，其中包括中央直屬捷龍騎兵兩百五十騎，當地捷龍騎兵十五騎，外城援軍組成的臨時捷龍騎兵三十五騎。

至於哈帝爾軍這一方，空中部隊有龍獸騎兵四十騎，地面部隊有捷龍騎兵兩百騎。

純以數字來看，亞爾卡斯軍占上風，但戰爭這種事從來不是簡單的加減乘除。

哈帝爾軍的戰士皆是本國精銳，無論是戰鬥力或默契都無可挑剔。相對的，亞爾卡斯軍則是中央直屬軍與地方防衛軍的混合部隊，後者的程度在各方面都明顯差了前者一大截，若是指揮不好，反而容易變成累贅，導致戰敗。嚴格說起來，雙方的實力其實差不多。

魔法師擁有一定程度的夜視能力，因此夜襲的效果並不大，何況亞爾卡斯軍在出城不久就被對方的斥候發現了，但這些事亞爾卡斯早就考慮到了。

就算哈帝爾軍再精銳，從睡夢中醒來到準備戰鬥，必然還是有一段忙亂的時間。這段短暫的混亂時間就是亞爾卡斯的目標，他相信自己的部隊擁有捉住這個破綻的力量。

事實上，亞爾卡斯軍的確做到了。

亞爾卡斯軍的突擊太過迅速，哈帝爾軍的空中部隊雖然及時迎擊，但地面部隊卻來不及展開，因此很快就被亞爾卡斯軍壓制住。哈帝爾軍的地面防線不斷被侵蝕，戰鬥爆發後十五分鐘，亞爾卡斯軍就攻到了敵方的最終防線，亞爾奈的戰列艦近在眼前。

擁有飛行能力、魔導主炮與魔導護壁的戰列艦，堪稱是這個時代的戰爭霸主。但這位霸主有兩個弱點。

第一個弱點——戰列艦必須升空之後才能啟動魔導護壁。

由於護壁包覆了整艘戰列艦，因此若在地面上就啟動魔導護壁的話，戰列艦下方的護壁會與地面擠壓，導致爆炸反應。

第二個弱點——在升空飛行、張開護壁與發射主炮這三個動作中，戰列艦最多只能選擇兩個。

魔力爐的能量輸出功率有限，目前的魔導科技還做不到同時進行上述的三個動作。換言之，戰列艦若想在空中發射主炮就必須解除護壁，而這也是戰列艦最脆弱的時候。

亞爾卡斯的目標，就是戰列艦的第一個弱點。

為了節省能源與減少魔力爐的耗損，戰列艦不可能一直保持升空狀態。哈帝爾軍的戰列艦停泊於城市外三十公里處，亞爾卡斯的計畫是利用超快速打擊，讓敵人的戰列艦在來不及升空的情況下受到重創。

一旦戰列艦受創，哈帝爾就不得不撤軍。當然，能夠擊毀戰列艦的話就更理想了。

哈帝爾之所以會選擇將戰列艦停泊在這個距離，自然是經過一番考慮的，其中也包括對己方部隊實力的自信。但這個時候，亞爾卡斯的行軍速度顯然超越了哈帝爾的計算。再這樣下去，勝負很快就會決定了吧？

這種事，哈帝爾當然不可能允許。

就在亞爾卡斯軍的地面部隊即將突破最終防線的時候，哈帝爾出手了。

巨大的靈威彷彿一隻看不見的大手，牢牢掐住了所有人的脖子。無論敵我，全都被哈帝爾的靈威震懾住，偌大戰場竟然出現了一瞬間的安靜。

靈威的籠罩範圍與魔力領域的大小呈正比，公爵級靈威的覆蓋半徑甚至可以達到一千公尺。在傑洛，一人對抗一軍並非神話，而是每個高階魔法師都能做到的事。

哈帝爾的靈威有如嚴冬的暴風雪，讓戰場陷入了絕望的死寂。

但在下一秒鐘，一股同樣磅礴的靈威也跟著籠罩戰場。

亞爾卡斯同樣出手了。

「撤、撤退——！」

「後退！快後退！會死的！」

不論是空中或地面部隊，不論是亞爾奈或雷莫，所有人全都驚慌地調頭逃跑。兩軍的行動完全失去了秩序，連最簡單的陣形也無法維持。每個人都拚了命的想要逃離這裡，就算擋在眼前的人是自己的同袍，他們也會毫不猶豫地推開。不管是被人擠倒，還是自己摔倒，下場只有一個，那就是被自己人踐踏而死。

兩邊的軍隊都露出了同樣的醜態。

亞爾卡斯軍與哈帝爾軍都是訓練有素、久經戰陣的精銳，但就連這樣的他們，也無法在公爵級靈威的籠罩下保持冷靜。這與意志的強韌與否無關，在靈威面前，就算是再鐵血的勇士也會跪倒。

這一幕，徹底揭露了魔法師為何能夠君臨人類社會千年之久的理由。

很快的，整個戰場只剩下兩個人。

克拉倫斯．哈帝爾。

英格蘭姆．亞爾卡斯。

兩人在空中彼此對望，夜風將他們的衣角吹得獵獵作響。

「閣下就是克拉倫斯．哈帝爾？在下是雷莫公爵英格蘭姆．亞爾卡斯，幸會了。」

帶著優雅的微笑，亞爾卡斯率先開口向哈帝爾打招呼。

哈帝爾沒有回話，只是冷漠地看著亞爾卡斯。

兩人都是第一次見到對方。

公爵乃國家柱石，平時絕不輕易出動，除非爆發大戰，否則很難有機會見到敵國的公爵。上一次亞爾奈大舉進攻雷莫的時候，是由傑諾．拉維特獨自一人把他們擋下來的，因此亞爾卡斯一直沒有親眼見到哈帝爾，雖然沒有看過本人，相關的傳聞倒是聽過不少。

亞爾卡斯回憶有關眼前這位黑髮男子的資料。

克拉倫斯．哈帝爾的經歷堪稱傳奇。

哈帝爾是克拉倫斯母親的姓氏，他原本的姓氏是菲魯迪曼。

菲魯迪曼家是亞爾奈的名門之一，數代之前曾經出過侯爵。克拉倫斯．哈帝爾的父親科林．菲魯迪曼是一位伯爵，他最為人稱道的事蹟便是性好漁色。

貴族大多風流，但科林．菲魯迪曼此人在這方面似乎完全不懂得節制，他有一位妻子、七位小妾，還有數不完的情人。擁有哈帝爾之姓氏的孩子超過二十位，至於私生子更是這個數字的兩倍以上。

「我是為了讓菲魯迪曼的血脈獲得榮耀。」——科林．菲魯迪曼總是如此大放厥辭。

理論上，若是子嗣眾多，誕生出優秀人物的機率也會變高，這也是貴族最常用來解釋自己外遇的理由。但做到像科林．菲魯迪曼這種程度的，可說是絕無僅有。子嗣眾多雖是好事，但若是多到沒有足夠資源培育他們的話，那就是笑話了。

科林．菲魯迪曼就是鬧出了這種笑話，而且還進一步將笑話演繹成悲劇。

為了爭奪家產與地位，他的孩子們彼此勾心鬥角，將自己的手足視為除之而後快的對象。科林的孩子們從小就必須面對謠言、暗殺、栽贓、結盟、背叛等各式各樣層出不窮的鬥爭手段。

克拉倫斯是小妾的孩子，由於生母是下位貴族，背後沒有足夠的勢力，因此小時候過得非常艱辛。在克拉倫斯十四歲的時候，母親被害死，他自己也被一紙來自軍部——事實上是自己的兄弟們暗中運作——的人事命令，派駐到東部邊境的偏僻城市。

那座城市靠近亡者之檻，強大的怪物層出不窮，當地駐軍的戰死機率奇高無比。克拉倫斯在那樣的絕境裡頑強地存活下來，過了六年，他的實力足以媲美自己的生父。

克拉倫斯的成長令人驚訝，但更令人驚訝的是他接下來的行為。

當他晉升伯爵後，便宣布與菲魯迪曼家斷絕關係，將姓氏改為母親一方的哈帝爾，接著利用各種手段鬥垮了菲魯迪曼家。科林．菲魯迪曼自殺，他的妻子與孩子不是死亡就是被流放，個個下場悽慘。

在平民眼中，克拉倫斯．哈帝爾的復仇劇堪稱爽快，但在貴族眼中，這名黑髮男子無疑是個冷酷無情的危險分子。菲魯迪曼家身為傳統名門，自然有無數的盟友與親友，克拉倫斯與菲魯迪曼家為敵，自然也將這些貴族全部得罪了。

雖然舉目皆敵，但克拉倫斯．哈帝爾深受女王賞識，本身的實力又強，因此貴族們雖然恨不得他死，卻也只能在背後搞一點小動作。等到這名黑髮男子晉升公爵，他們甚至必須反過來低頭舔他的鞋子了。

沉默之劍、秘密主義者、現實主義者、冷酷無情、不苟言笑、智謀之士……亞爾卡斯的腦中閃過許多有關此人的評價，最後他將這些資訊總結為一個出奇簡略的答案：可怕的強敵。

雖然原本就很警戒此人，但面對面之後，亞爾卡斯又將戒備等級進一步上調。

兩人之間相隔約一百公尺。

在這麼近的距離下，雙方的魔力領域近乎完全重疊在一起，為了維持用來浮空的魔力，兩人早已開始彼此爭奪這片空間的元質粒子，無聲地展開了領域侵蝕的比拚。

哈帝爾的侵蝕技術讓亞爾卡斯有一種陷入泥沼的感覺，充滿了無論做什麼都沒有用的無力感。亞爾卡斯發動了好幾次的反侵蝕，不但無功而返，自己的魔力領域反而被對方緩慢但確實地逐步吞沒。在領域侵蝕的技巧上，亞爾卡斯略遜一籌。

這一年，亞爾卡斯二十八歲，哈帝爾二十九歲。兩人的歲數相差無幾，也同樣是從無數戰火中淬鍊出來的，這樣的結果，只能說哈帝爾的天賦比亞爾卡斯更強一些吧？

不過魔法師之間的戰鬥，決定勝負的因素可是有很多的。

「那麼……既然招呼已經打過，我就不客氣了。」

亞爾卡斯突然收起微笑，並且拔出了腰間的佩劍。對面的哈帝爾也在同一時間做出相同的動作。

下一秒鐘，數道光束切裂夜空。

那是穿弓之型劃破空間所產生的軌跡。

亞爾卡斯與哈帝爾一邊發射魔力彈，一邊高速移動。

兩人皆是身經百戰的高手，他們知道想光靠穿弓之型擊中對方是不可能的事，魔力彈的作用不過是牽制罷了。兩人以遠比飛鳥還要靈活的動作，在空中展開一場華麗的追逐戰，讓人看得目不暇給。

位階相同的魔法師之間一旦爆發戰鬥，其結果基本上可以歸類成兩種。

一種是以絕技──僅有名門貴族才能掌握的特殊型魔法──擊倒對手。就像莎碧娜與庫布里克公爵的戰鬥，雙方都搬出了只流傳於自己家族內部的專屬魔法。

一種是以自己最擅長的通用型魔法──泛指各種不屬於特殊型魔法的魔法──為基礎，建構出最具殺傷力的戰術，進而打倒敵人。最好的例子就是麥朗尼．里希特，他以隱密之型為軸心設計出無比堅實的暗殺式戰法。

亞爾卡斯出身下位貴族，哈帝爾則是從小就受到家族排擠，兩人都與特殊型魔法無緣，因此能夠選擇的戰鬥方式只有第二種。

亞爾卡斯所擅長的，是結合了穿弓之型與劍術的突擊戰法。一邊以超高速魔力彈狙擊敵人，一邊拉近距離，最後一口氣斬倒對方，這是只有身為劍術高手的他才能使用的大膽戰法。

哈帝爾的拿手戰法則是利用移動魔法取得速度優勢，再趁機對敵人施以打擊。換言之，他用的是類似游擊戰的手法，避開正面衝突，從側面尋隙進攻。

然而，亞爾卡斯與哈帝爾都知道彼此的底細，並且同樣採取了克制的戰術。

身為公爵，一舉一動必然會受到外界的密切關注，其中也包括敵國的間諜。就如同亞爾卡斯瞭解哈帝爾的生平經歷與拿手技法一樣，哈帝爾也早已將亞爾卡斯的相關資料深深烙印於腦中。

哈帝爾謹慎地保持著安全距離，以免被對方衝進懷中。亞爾卡斯持續進行無序移動，讓對方無法預測自己的飛行路線。在第三者看來，兩人就像是在月光下翩翩起舞的精靈。

兩人彼此追逐，絢爛的光束不時劃過夜幕，這樣的景象美得有如夢境，讓人無法想像他們正在進行著生死之戰。

「隊長！隊長！慢一點！我快摔下去了！」

「吵死了！我也想叫這頭笨鳥慢下來啊！」

「嗚啊啊啊啊——！」

「閉嘴，給我死命抓緊！」

伴隨著淒厲的慘叫聲與怒斥聲，一頭白鷹在空中高速翱翔。

白鷹的速度快得驚人，但更讓人吃驚的是牠的飛行路線。彷彿有什麼可怕的東西在後面追趕一樣，白鷹一會兒向東，一會兒向西，一下子向上竄，一下子向下衝，宛如蒼蠅一樣四處亂飛，讓坐在上面的蓋爾與加洛克苦不堪言。

若是將視角拉遠，可以見到有許多白鷹騎士的遭遇與這兩人一樣。甚至有不少人因為沒有抓穩，直接被白鷹甩到空中。那些摔落的白鷹騎士多半是臨時編制的外城援軍，在這樣的高度下，如果不會天翔之型，等待著他們的只有最為悲慘的結局。

但跟地上的捷龍部隊比起來，究竟哪邊比較悲慘就不好說了。

受靈威影響而失去理智的捷龍們，只是一直埋頭狂奔。數百頭發狂的捷龍彼此碰撞擠壓，就算是騎術再好的中央直屬部隊，在這種情況下也會失足摔落，在捷龍的踩踏下變成一堆肉泥。

這樣的混亂情況持續了好一陣子，直到衝出靈威的影響範圍後，白鷹騎兵與捷龍騎兵才重新取回坐騎的操控權。事後統計，這場大撤退的減員人數竟然超過與亞爾奈軍戰鬥時的傷亡數字。

蓋爾與加洛克這對不幸的搭檔同樣活了下來。

此時的兩人正趴在一處高地上狂吐不止。剛才的高速飛行，讓他們覺得自己的內臟似乎全部移位了。直到胃裡的東西被完全掏空之後，兩人才頹喪地坐倒在地。一旁的白鷹輕蔑地看著他們，眼神似乎在說：「這兩個沒用的東西。」

「那就是……公爵級的……靈威啊……」

加洛克一邊喘氣，一邊低聲說道。

「老子也是第一次遇到……他媽的……比傳說中的還要厲害……」

蓋爾拿起掛在腰間的水壺，咕嘟咕嘟的漱了兩下口，然後又將水澆在自己頭上。在冷水的刺激下，他的精神總算稍微好了一點，有餘力觀察四周的情況。

「喂，看那個！」

蓋爾把加洛克揪了起來，用力將他的頭扳向另一邊。加洛克正想抗議，但一見到遠方的景象後，立刻就看呆了。

不只是他們兩人，其他散落在各處的白鷹騎兵，還有好不容易重整陣形的捷龍騎兵們，也都做著同樣的事——眺望戰場。

亞爾卡斯與哈帝爾的戰鬥就像是一幅華麗的幻想畫，讓人無法移開視線。

眾人是第一次看見公爵之間的戰鬥，一旦脫離了靈威的威脅，他們的心神就全被這場戰鬥吸引住了。

「隊長……現在到底誰占上風啊？」

加洛克一臉呆滯地問道。

「我哪知道？」

蓋爾沒好氣的回答。戰場距離此地足足有一公里以上，他根本看不清楚。

「不過亞爾卡斯大人一定會贏的！」

蓋爾又補了這麼一句。這個答案並非判斷，而是摻雜了過多主觀想法的個人願望。

加洛克張開嘴巴想說些什麼，不過又放棄了，他也是雷莫人，當然希望亞爾卡斯獲勝。要是在這時說出「這很難說吧？」，結果亞爾卡斯真的輸了，他會覺得這一切都是自己的責任，這種對精神健康有害的事情還是少做為妙。

「動了——！」

就在這時，蓋爾突然發出怪叫。加洛克也倒吸一口氣。

讓蓋爾發出怪叫的並非正在戰鬥的兩位公爵，而是底下的龐然大物。

亞爾奈的戰列艦開始升空了！

「該死！那些亞爾奈的豬玀！他們想以多欺少！」

蓋爾氣憤地大喊。

如果說這個戰場上還有什麼可以左右勝利的天平的話，恐怕非戰列艦莫屬。不論是張開魔力護壁直接撞上去，或是用魔導主炮射擊，都可以給亞爾卡斯帶來莫大的麻煩。

「可惡啊！我們走！」

蓋爾一個翻身從地上跳了起來，加洛克驚訝地看著他。

「走？走去哪，隊長？」

「那還用問？當然是去幫助亞爾卡斯大人！怎麼可以讓亞爾奈的豬玀得逞！」

「隊、隊長！你冷靜點！我們去了只是白白送死啊！」

加洛克大聲慘叫，他覺得這位隊長真是瘋了。

「閉嘴！一直抱著這種負面想法，本來會贏的仗也會打輸！現在正是我們建功立業的好機會！要是在這時候支援亞爾卡斯大人，我們的前途就會變得一片光明！」

加洛克呆呆地看著蓋爾。這位隊長想趁機賣人情給空騎軍團元帥？這也未免太異想天開了吧？

「聽好了，加洛克。不管亞爾卡斯大人是贏是輸，我們都是要回城的，到時遲早被那些垃圾玩死！與其這樣，還不如在這時候賭一把。在這裡轟轟烈烈的戰死，至少還可以搏個英雄的美名！」

加洛克的腦袋一片混亂，既覺得蓋爾是異想天開，又覺得他說得有道理，遲遲無法做出決定。他的嘴巴張了又閉，閉了又張，最後吐出來的，只有「可是……可是……」這句話而已。

「啊！煩死了！跟著我上就對了！」

蓋爾憑著過人的臂力將加洛克從地上揪起來，然後就這樣拖著他跨上白鷹。

「隊、隊長！你忘了靈威！靈威呀！我們根本接近不了亞爾卡斯大人！」

加洛克總算想到了一個反駁的理由。

「總會有辦法的啦！」

可惜的是，這位小小文書官的努力卻被蠻橫的隊長完全不講道理地粉碎了。

在戰列艦升空的那一刻，亞爾卡斯知道自己大意了。

由於太久沒跟勢均力敵的對手過招，亞爾卡斯不自覺地沉浸在「如何打倒敵人」這件事上面，忘記思考其他的可能性。

戰列艦外層是抗魔金屬，內部刻有抗魔紋陣，能夠讓艦內的人不受靈威影響。在亞爾奈軍撤入戰列艦之後，只要代替哈帝爾統率軍隊的臨時指揮官不是白痴，當然會有所動作。

（——不，或許哈帝爾早在出戰前就下了命令。）

（哈帝爾的計畫是什麼？與戰列艦一起對付我？還是哈帝爾負責拖住我，讓戰列艦趁機攻打城市？不管是哪一個，情況都很不妙。）

亞爾卡斯一聲怒喝，對準戰列艦使出了穹弩之型。灼目的光箭帶著撕裂一切的氣勢轟向戰列艦，但在擊中目標前，就先被一層半透明的銀色光幕擋了下來。

「嘖！」

亞爾卡斯忍不住咋舌。魔力護壁雖然堅固，但是公爵級魔法師全力轟出穹弩之型，還是能夠貫穿它。然而他附近還有一個同為公爵級的哈帝爾，自己的魔力領域被對方侵蝕了一大半，無法調動足夠的元質粒子。

亞爾卡斯立刻轉頭往後飛，哈帝爾則緊跟其後。

（果然……）

亞爾卡斯往後看了一眼，內心有些焦躁。看來哈帝爾果真打著不讓他有機會發揮全力的主意，所以才要維持雙方的距離。

（好吧，我承認到這裡為止是我的失誤。不過，接下來我可不會讓事情一直照你的計畫走！）

亞爾卡斯仍有翻盤的機會。

他還有一張可以扭轉局勢的底牌，那就是魔操兵裝。

但是，這張底牌不能隨便掀開。

哈帝爾此行恐怕也帶了魔操兵裝出來。

雖然哈帝爾並不像亞爾卡斯一樣擁有專屬的魔操兵裝，解放魔操兵裝之後的戰鬥力絕對遜於亞爾卡斯，但那種情況並非亞爾卡斯想要的。

（哈帝爾恐怕也預料到這一點，而且準備了反制的方法吧……不能照著他的步調走，否則一定會被他拖垮。）

哈帝爾之所以擁有「沉默之劍」這個綽號，就是因為他擅長在不動聲色的情況下編織計謀之網。他彷彿不信任所有人一樣，經常想出連友軍都被蒙在鼓裡的計策。這樣的謀略家，不可能不將亞爾卡斯使用魔操兵裝的情況也考慮進去，要是貿然掀開底牌，恐怕局勢就真的無可挽回了。

亞爾卡斯需要機會——一個能在解放魔操兵裝後，為自己奪得十秒……不，甚至只要三秒就好的機會。

但哈帝爾如此緊迫盯人，他真的能找到這個機會嗎？

（……不，一定可以的。別放棄，我可是英格蘭姆．亞爾卡斯，我做得到！快用你的腦袋好好想想吧，英格蘭姆．亞爾卡斯！）

亞爾卡斯竭力想要甩開哈帝爾，但對方一直死命地咬住自己。除此之外，就連戰列艦也一起跟上來。亞爾卡斯的焦躁不斷擴大，對方果然看穿了他的行動。

（……只能冒險一下了！）

就在亞爾卡斯打算使用一些小伎倆爭取時間的那一瞬間，一枚光彈突然從天而降！

「什麼！」

「——嗯？」

亞爾卡斯與哈帝爾同時驚訝地抬起頭來，接著赫然發現有一個小小的黑點正在他們頭頂上盤旋。

那個黑點的真面目，正是蓋爾與加洛克騎乘的白鷹。

「白痴！太偏了！」

「不要強人所難啊，隊長！飛得這麼高，是要我怎麼瞄準啦！」

這就是蓋爾用來避開靈威的計畫——高空狙擊。

白鷹的極限飛行高度是一千五百公尺，而亞爾卡斯等人的空戰高度距離地面約三百公尺，正好可以避開公爵級魔法師的靈威籠罩邊界。

但想要從一千公尺以上的高空擊中目標，豈是如此容易的事？

加洛克用魔導武器發動的穹弩之型，跟瞄準的位置差了老大一截。這下子不但沒有起到奇襲之效，反而曝露了自己的存在。

「嘖，我就知道可能會這樣！」

只是，蓋爾連這個也考慮到了。

「用那個吧！」

「好！」

加洛克從腰帶袋子裡面取出了兩個銀色圓筒，然後用力將它們往下扔。

那是魔彈。

就像地球有空中轟炸戰術一樣，傑洛的空戰部隊早在兩百多年前就學會運用類似的戰術。在中央軍白鷹騎兵的標準配備裡面，同樣有好幾種用來空對地的道具——用來火攻的燃油瓶、能夠癱瘓生物的毒塵包，以及強襲轟炸用的魔彈。

魔彈是管制品，製造起來也非常昂貴，地方城市的白鷹騎兵根本用不起，就算是中央軍的白鷹騎兵，也只能做到一騎兩枚。要對付公爵級魔法師或戰列艦，區區兩枚魔彈根本不夠看，但這個時候，這兩枚魔彈卻成了亞爾卡斯用來突破僵局的鑰匙！

亞爾卡斯一看到被扔下來的東西是魔彈，立刻伸手一抓。在魔力的牽引下，魔彈以十倍的速度衝到了亞爾卡斯與哈帝爾之間，接著轟然爆炸。

亞爾卡斯利用爆炸的推力一口氣拉開距離，並且趁著火焰遮蔽對方視線的機會，解放了封魔水晶。魔彈的爆炸餘波很快就消散了，但緊接著出現在哈帝爾面前的，是已經穿上了魔操兵裝、並且長劍倒豎的亞爾卡斯。

在魔操兵裝的支援下，亞爾卡斯對於元質粒子的支配力完全壓倒了哈帝爾。魔力就像是擁有自我意志的奔流，瘋狂地湧到亞爾卡斯身邊。那套有如藝術品般精緻的天藍色甲冑流轉著美麗又危險的光彩，倒豎的水晶長劍凝聚了耀眼的光芒，徹底點亮了夜空。

「詠唱吧，吟頌者！」

伴隨著尖銳的鳴響，甲冑背部展開了三對刀翼。亞爾卡斯整個人化為一團白光，下一瞬間，數以百計的流星從白光之中湧出，全數轟向戰列艦！

公爵級魔法師的全力一擊何等可怕？在流星的轟擊下，戰列艦的魔導護壁只堅持了不到一秒就宣告破裂！

戰列艦被擊中左舷，巨大的船體也跟著失去平衡，彷彿雖然折翼但又拚命掙扎的鳥兒般緩緩地降低高度。就在亞爾卡斯準備再來一擊的時候，一股巨大的靈威壓了過來，他轉頭一看，果然哈帝爾也同樣解放了魔操兵裝。

亞爾奈為侯爵級以上的魔法師準備的制式魔操兵裝名為「戰慄」，與亞爾卡斯的「吟頌者」相反，其外形乃是重甲型態，但厚重程度不如零的「漆黑騎士」。

同樣穿上魔操兵裝的哈帝爾，立刻奪回了失去的元質粒子支配權，這也意味著亞爾卡斯的表演時間已經結束了。就在亞爾卡斯做好大戰一場的心理準備時，哈帝爾卻做了一件令他意想不到的事——轉身就跑。

不，更正確的說，轉身就跑的是戰列艦。哈帝爾則是緊緊守在戰列艦旁邊，防備著亞爾卡斯。

亞爾卡斯握緊水晶長劍，似乎想要上去追擊，但或許是有什麼顧慮，最後還是眼睜睜看著戰列艦離開。

「贏了——！」

見到這一幕，不管是城外的戰鬥部隊還是城內的雷莫守軍，全部爆發出歡呼，有人甚至高興得流下淚來，跪在地上高喊。

「陛下萬歲！元帥大人萬歲！」

這場城市保衛戰，雷莫軍勝利了。

※◆※◆※◆※

「大叔，現在該怎麼辦？」

哈帝爾一回到指揮室，卡薩姆便如此問道。

他其實還有一句話沒說出來，那就是「這下子落入最糟糕的情況了」，但此時指揮室還有其他人在，這句話可不能隨便說出來，大家的士氣已經夠低落了。

「一切都在預料之中。」

哈帝爾坐在指揮椅上，口氣輕鬆地說出了讓人不敢置信的回答。包括卡薩姆在內，所有人的目光全都落到哈帝爾身上，臉上充滿困惑。

一切都在預料之中？難道這場敗戰是故意的？聯想到這位黑髮男子過去的種種「豐功偉業」，有些人自以為看穿了哈帝爾的打算，露出恍然大悟的表情。但卡薩姆並不在這些人裡面，依舊憂慮地看著上司。

哈帝爾是秘密主義者沒錯，但這陣子部隊的管理事務幾乎全是卡薩姆在處理，要是有任何徵兆，他不可能沒有察覺。雖然年僅十二歲，但天才之名可不是白得的，從軍之後短短兩年，卡薩姆各方面的能力只能用飛速增長來形容，他自信哈帝爾要是暗中安排了什麼，絕對瞞不過他。

哈帝爾彷彿從卡薩姆的眼神中看出了什麼，但他沒有解釋，只是閉上眼睛，坐在椅子上不發一語。

最高指揮官表現得如此沉穩，眾人心中也跟著安定不少，指揮室裡的氣氛竟在不知不覺間沉澱下來，不復先前的浮躁與低迷。

（這就是大叔的用意嗎？安撫人心？但這對結果沒什麼幫助啊……還是說，大叔真的有對策？不，這次的軍事行動確實失敗了，沒有挽回的餘地……難道，大叔想到了用來應付上面的好藉口？）

卡薩姆一邊推測哈帝爾的意圖，一邊讓自己表現得跟平常沒兩樣。要是有人從身為副官的他身上看出什麼，導致哈帝爾的計畫受到影響，那就不太妙了。

戰列艦受損頗為嚴重，雖然依舊可以飛行，但制動機關（類似地球的引擎）的效率只剩下百分之六十。亞爾卡斯不愧是空騎軍團元帥，懂得攻擊何處才能給戰列艦帶來最大的麻煩。

所有人都擔心雷莫軍會趁機追擊，巴不得趕緊回到後方基地，但接下來哈帝爾發出的命令，讓大家驚愕不已。

「原地待命，盡可能修理毀損部位。十二小時後，重新進攻。」

這是一道只能用瘋狂來形容的命令。

此時的亞爾奈戰列艦已經失去作戰能力，只能充當運輸工具使用，就連魔導護壁都無法啟動。沒有工廠、材料與大型工具，隨軍的魔導技師只能進行最簡單的應急修繕作業。這種程度的修繕根本不可能讓戰列艦重新取回戰鬥力，在這種情況下進攻，只有被人當成靶子打的分。

指揮官究竟在想什麼？每個人心中都有同樣的疑問。

即使心懷疑慮，但哈帝爾的命令依舊被順利地執行了。這位黑髮男子的實力足以壓倒一切質疑，而且過去的種種實績，也讓人覺得他或許真的安排了什麼。不過這下子換卡薩姆坐不住了，他找了一個沒人的空檔，向上司提出諫言。

「你在想什麼啊，大叔！這時候回頭？想死的話麻煩自己去，不要拖著一個擁有大好前程的可愛少年陪你去死！」

平時卡薩姆跟哈帝爾說話的口氣就已經很隨便了，這次更是不客氣。哈帝爾低頭看著身高只到他胸部的卡薩姆，那氣呼呼的表情怎麼看都像是裝出來的。

「我說過了，一切都在預料之中。」

「怎麼可能啦！我年紀小，別騙我！現在我們是——」

「英格蘭姆·亞爾卡斯會撤退。」

「——咦？」

卡薩姆露出呆愣的表情，原本想說的話被堵在喉嚨之中。

「撤退……大叔，你說什麼……？」

「如果亞爾卡斯沒有擊退我們，他會繼續留下。如果擊退我們，他會立刻離開。」

卡薩姆眨了眨眼睛，然後眼中綻放出領悟的光芒。

「——亞爾卡斯有不得不撤退的理由？所以大叔你是詐敗？可是他為什麼要撤退？

是後方出了什麼問題嗎？不，等等……是那個嗎？那個庫布里克公爵？你收到什麼消息嗎——啊，大叔！等一下，別走啦！告訴我嘛！透露一點點就好！」

卡薩姆急忙跟上哈帝爾，充滿活力的聲音在走廊上不斷迴盪。

十二小時後，亞爾奈軍再次進攻。

就如同哈帝爾預言的一樣，亞爾卡斯已經率軍離開了城市。

沒有亞爾卡斯坐鎮的城市很快就被攻陷，亞爾奈的旗幟當天就在城主府上空迎風飄揚。這奇蹟般的大逆轉，讓亞爾奈軍上上下下欣喜若狂，大聲讚揚哈帝爾的奇策鬼謀。

然而，這位黑髮男子卻在這時做出了一件不可思議的事。

克拉倫斯．哈帝爾突然將所有的事務交託給副官卡薩姆，然後就消失不見。

沒人知道他去了哪裡。

戰爭日 03
雷莫內戰

久違的，他夢到了以前的事。

年輕時的他，曾一度被人稱為天才。

這個頭銜讓他收穫了無數的欽羨目光，無論走到哪裡，聽見的都是奉承與誇獎。年僅七歲就成為子爵級魔法師，這樣的成就確實值得驕傲。

他那對只是下位貴族的父母更是對他寄予無限的厚望。等他到了十四歲，也就是滿足法律規定能授予正式軍籍與官職的最低年齡限制時，實力必定會更上一層樓吧？屆時巴魯希特家也將迎來前所未有的光榮。

「他一定會變成大人物。」

「我早就覺得這孩子非比尋常。」

「他遲早會成為公爵，成為雷莫的柱石。」

每個人都這麼說。

在讚美聲中，他漸漸變得傲慢。

然後，他犯了一個錯誤。

年輕的他，忘記了一件非常重要的事，而四周的人也沒有提醒他這件事。

那就是——「這世上再也沒有比未來更不可靠的東西了」這項真理。

直到那件事發生之後，他才領悟到這個道理。

事件的起因，簡單到令人覺得可笑。

年輕的他，喜歡某個女孩。

女孩擁有眾多的追求者，同時也擁有將這些人玩弄於掌心的頭腦。那樣的手腕在成年人眼中或許幼稚，但用來對付見識不足的少年，卻已綽綽有餘。

女孩最喜歡做的，就是讓人為她決鬥。

不需要太複雜的計謀，只要幾句話就夠了。她用輕柔的話語不斷在追求者心中植入嫉妒的毒素，直到追求者彼此殘殺。她會讚美勝者，安慰敗者，然後繼續籌劃下一次的決鬥，無止無休。

年輕的他，就這樣成為她享樂的祭品。

同樣被選為祭品的，是一位伯爵之子。一個家世良好，前程遠大，但目前實力遠不及他的少年。

為了滿足自己的虛榮心，女孩像往常一樣，巧妙地誘使兩人決鬥。然而這次的結果卻稍微偏離了她的劇本，年輕的他在盛怒之下忘記控制力道，將那位伯爵之子殺死了。

雷莫法典允許決鬥，因此年輕的他沒有被追究責任。

但，那僅止於表面。

喪失了優秀繼承人的伯爵，怎麼可能就此忍氣吞聲？

由於伯爵的暗中報復，他的家族很快就破產了。為了還債，父親不得不去魔協接下危險的黑色級別任務，然後再也沒有回來。追債的凶徒準備將他們母子賣給奴隸商人抵債，而母親捨命讓他逃跑。

「夏卡！快逃！快逃——！你一定要重振巴魯希特家——！」

以背部承受母親那彷彿嘔血般的淒厲尖叫，他哭著逃走了。

他失去了一切。

心中一片茫然的他，不知不覺間跑到了內城區的鐘塔。這是那個女孩最喜歡的地方，她說自己偶爾會一個人在這裡俯瞰黃昏的城市，這裡是她的秘密基地，而他是第一個光臨這裡的異性。

那真是美麗的回憶。

然後，他看到了。

看到女孩誘惑其他少年，在他們心中植入嫉恨之毒的畫面。

他也聽到了。

聽到女孩用輕柔的聲言訴說曖昧，並將挑撥的刀刃摻入其中。

……於是，他領悟到了什麼。

他殺了那個女孩，然後展開了漫長的逃亡生涯。

被列為一級通緝犯的他，在城市之間不斷流浪。魔協是個好東西，只要是魔法師，只要有金夸爾，就算是罪犯也能活得很好。他獨來獨往，不曾加入任何組織，因為他不信任任何人。

懷抱著復仇的怒火，他不斷磨練自己。不幸的是，就在他即將跨過伯爵級魔法師的門檻時，在野外遇到了實力在他之上的怪物。他僥倖逃離，卻身負重傷，足足休養了兩年才痊癒。在那之後，自己的實力不但沒有進步，反而一路跌落到勛爵級。

他不甘心，因此瘋狂地尋找恢復力量的方法。

時間就這樣不斷流逝。

耗費了數十年的他，已不再年輕。

再這樣下去，他永遠不可能復仇。唯一的結局，就是拖著衰老的身體在床上等死。

絕望的他，把一切賭在某個傳言之上。

「歐蘭茲最大的遺產就藏在亡者之檻的深處，只要得到它，就能掌握魔王之力。」

——這就是傳言的大意。

這個傳言從很久以前就存在了，但只有小孩會把它當真。

亡者之檻是被死亡支配的土地，進去那裡的人，沒有一個能活著走出來。

可是，他進去了。

在絕望中老去，或是抱著希望而死，他選擇了後者。

然後，他成功了。

但是，並不完全。

「——報告，我軍即將抵達賽亞洛城。預計再過二十分鐘即可抵達。」

門外傳來的聲音，將巴魯希特喚醒。

巴魯希特下意識地摸了摸自己的臉頰，手指傳來冰冷堅硬的觸感，表示面具仍好好地戴在臉上。他抬起頭，看見庫布里克公爵與伯爵正坐在對面的沙發上，宛如蠟像般一動也不動。

巴魯希特摸了一下衣領，啟動藏在下面的魔導道具。

「知道了。」

用老公爵的聲音回話後，門外響起了逐漸遠去的腳步聲。

「……竟然會夢到以前的事。我也變得軟弱了嗎？」

巴魯希特低聲自嘲。他緩緩摘下面具放在一旁，接著用手指撫摸自己的臉頰。

那是一張令人難以直視的臉，右半邊皮肉焦爛，左半邊傷痕遍布。看起來很痛，但實際上臉部的神經已經壞死得差不多了，摸起來根本沒有感覺。

輕撫臉頰，巴魯希特的雙眼逐漸失去了焦點。或許是因為剛才的夢，他的心神沉入了回憶的湖底。

如今回想起來，十二歲之前的生活美好得有如夢境。

他沐浴在掌聲與讚美之中，被眾人視為明日之星。凡是他想要的，父母都會想方設法滿足他，當然也不會指正他的錯誤。就這樣，他養成了目中無人的個性。他的自以為是，為家族招來了災禍。

他曾對自己誤殺伯爵之子一事感到後悔，也曾對自己中了那個淫賤女孩的計謀一事反省過。但隨著年紀漸長，他發現自己根本沒有必要後悔與反省，他的錯誤只有一個，就是對力量的追求不夠熱衷。

沉溺於天才的美名，使自己變得怠惰。要是他沒有被旁人的甜言蜜語沖昏頭，認真鍛鍊自己，或許十二歲就能晉升為伯爵級魔法師了。屆時就算殺了伯爵之子又怎樣？那位伯爵恐怕還得為自己的管教不嚴向他賠罪。

力量才是這個世界的真理，巴魯希特直到家破人亡才發現這件事。他開始追求力量，沒想到卻因為操之過急而喪失力量。幸好後來深入亡者之檻，歷經了九死一生的冒險，得到了夢寐以求的東西。

可是，被魔王之力吸引的人不只他一個。

亡者之檻的大門不只對他一個人敞開，而是對著所有人。只要決心、資質與運氣三者齊備的人，就有機會進入深處，獲得窺視無上力量的鑰匙。巴魯希特並非唯一的幸運兒，不知道是故意或偶然，竟然有另外兩個人跟他一起抵達了那個聖域。

傑諾．拉維特。

克拉倫斯．哈帝爾。

這兩人究竟是怎麼進入那裡的呢？在前往聖域的道路上，巴魯希特並沒有見到他們，否則早就搶先下手了。唯一的解釋，就是通往聖域的道路不只一條。亡者之檻還沒變成詛咒之地前，是歐蘭茲的大本營，沒人知道歐蘭茲在那裡留下了多少機關。

在抵達聖域的三個人裡面，巴魯希特無疑是最弱的。聖域裡面無法使用魔法，若是真要動手，只能依靠肉體與武器。偏偏拉維特與哈帝爾都是健壯的青年，唯獨自己垂垂老矣。但巴魯希特非常幸運，哈帝爾不知發了什麼瘋，竟然主動放棄了爭奪魔王之力的權利。

無論是巴魯希特或拉維特都不相信哈帝爾會這麼簡單就退出。千辛萬苦來到聖域，最後卻什麼也沒得到，這種蠢事誰會做？巴魯希特相信這其中必有陰謀，而拉維特似乎也是如此認為。為了不讓哈帝爾得逞，他們做了一個在當時看來很聰明，事後卻為兩人帶來莫大麻煩的決定——平分魔王之力。

「真的很愚蠢……」

想到當時的自己，巴魯希特忍不住呢喃起來。

以契約保證絕對不會互相殘殺後，他們兩人平分了魔王之力。那股力量的內涵比他想像得還要浩大深奧。巴魯希特不僅得到了力量，也得到了知識，原本對魔導科技一竅不通的他，竟然搖身一變成為這方面的大師。老朽的身體也像是重獲新生一樣，充滿了精力。

獲得力量的喜悅並沒有持續太久，從腦海深處湧出的情報——來自魔王的知識——為巴魯希特當頭潑了一盆冷水。如果他不殺了拉維特，把另一半的力量取回來，自己也命不久矣。

可是，巴魯希特與拉維特已經在世界的見證下，約定好不得傷害彼此。一旦違反契約，下場就是同歸於盡。

不能親自動手，這是約定。

所以，只能借用別人的手。

得到了魔王之力的巴魯希特與拉維特，在雷莫之中已經罕有敵手。那麼，到底還有誰的手可以握住那把殺人之刃呢？

巴魯希特很快就找到了適合的對象，也就是正與親妹妹爭奪王位的阿瑪迪亞克皇長子。唯有王級魔法師，才有握住那把刀的資格。

接近阿瑪迪亞克比想像中來得麻煩，那個男人身邊總是圍繞著無數貴族，簡直就像爭食糖果的蟻群。那些貴族為了確保日後的權力與地位，不斷對阿瑪迪亞克獻媚，這樣的景象讓巴魯希特想起過去的自己。

這樣下去不行，這群人一定會敗給莎碧娜與拉維特，巴魯希特非常篤定。

但是要怎麼做才能扳回局面？用力量收拾這群貴族是很容易，但如此一來，他就會變成阿瑪迪亞克陣營的中堅人物，曝露在世人面前。而拉維特必定能猜出他的用意，並有所防備，這樣事情就難辦了，還是徹底隱身幕後比較好。

幸運的是，魔王之力一分為二這件事竟然幫了大忙。

由於被分割的關係，有些知識被巴魯希特獨占，有些則掌握在拉維特手中。在巴魯希特獨占的知識裡，有許多遠遠超越現今水準的魔導科技與特殊技術。百年前的知識竟然領先百年後的知識，這不僅代表魔王之力的優秀，更代表魔導技師的不思進取——也可以說是貴族階級的不思進取。

無論如何，巴魯希特依靠這些知識成功混入了阿瑪迪亞克陣營，並巧妙地誘導他們。當然，他完全無意幫助阿瑪迪亞克奪取王位，只想要拉維特的命。他打算設計一個舞臺，讓阿瑪迪亞克動手幹掉拉維特。這並不容易，拉維特跟他不一樣，是莎碧娜明面上的親信，但他必須想辦法搭起這個舞臺。

與亞爾奈勾結的想法，就是在這時候形成的。

巴魯希特從阿瑪迪亞克那邊得到諸多有關鄰國的情報，赫然發現當初那位進入聖域卻又主動放棄的克拉倫斯．哈帝爾，竟然當上了亞爾奈的公爵。對於這個發現，巴魯希特先是驚訝，後是狂喜，他覺得自己的運氣實在太好了。

他費了一番工夫聯絡上哈帝爾，讓阿瑪迪亞克與亞爾奈秘密結盟，漂亮地布置出兩面夾擊莎碧娜的局勢。他的劇本是——讓亞爾奈軍或阿瑪迪亞克其中之一對付莎碧娜，他則協助剩下的另一方解決拉維特。

結果卻大出巴魯希特的預料。

當莎碧娜軍與阿瑪迪亞克軍激戰時，巴魯希特遲遲找不到拉維特的身影。他以為這是某種戰術——例如迂迴夾擊、伏兵或暗殺，因此耐著性子等待，結果就算阿瑪迪亞克軍敗北了，拉維特也沒有現身。

後來當他得知拉維特竟然一個人跑去對付亞爾奈大軍，心中後悔不已。早知道當時就出手殺死莎碧娜了，這樣拉維特勢必會找阿瑪迪亞克報仇，他的劇本也不至於破滅。

錯失了最好的機會，巴魯希特只好另想他法。遺憾的是，他找不到那個方法，阿瑪迪亞克已死，他也不可能驅使亞爾奈軍，而依附著莎碧娜的拉維特，簡直就像山岳般無法動搖。

最後，他失敗了。

代價則是喪失力量，以及這張醜陋無比的臉。

然而，運氣依舊站在他這邊。

魔王的知識仍然牢牢的記在腦袋裡，就像認真建造的房子一樣穩固。有了這個，他就還有翻盤的機會。

自己是一個擅長擺脫絕境的人，巴魯希特如此深信。

小時候是這樣，找到聖域時是這樣，被拉維特與莎碧娜打倒時是這樣。那麼多的絕境他都走過去了，如今這個小小的危局根本算不了什麼。

巴魯希特從沙發上站起身，一旁的庫布里克父子也沉默地照做。

「走吧！」

對兩人下達指令後，巴魯希特便跟著兩人一同走出房間。門外的侍衛恭敬地低下頭，然後跟了上來。走道上的人一見到他們，莫不低頭行禮。

一行人在一扇大門前停下來，其中一名侍衛上前開門，清爽的涼風從門外急躁地湧入。走出門外，將視線水平地往四周一掃，只能見到一片蔚藍。

這也是理所當然之事，因為此時的他們正待在空中。更正確的說，是待在飛行中的戰列艦上面。

由於戰列艦正緩速前進，所以才能像現在這樣站在甲板上俯瞰風景。一旦速度提升，甲板就會因為可怕的風速而被列為禁區。

巴魯希特將視線投向艦首，可以看到一座城市正聳立於彼端。接著他轉頭向後看了一眼，艦尾跟著近百艘的浮揚舟，宛如追隨母親的小鴨一樣緊緊跟在後面。

巴魯希特露出冷笑，然後用老公爵的聲音發出命令。

「派人去通告前面的城市，我魯爾·庫布里克奉陛下之命前往巴爾汀受勛，準備在這座城市補給。若是拒絕，就是違背陛下的意志，我將代陛下進行討伐！」

※◆※◆※◆※

庫布里克公爵率領大軍浩浩蕩蕩前往首都一事，掀起了巨大的波瀾。

庫布里克公爵集結了雷莫東境的諸多領主，以觀禮為名義，讓他們率領部下跟隨自己一起出發。然後又以保障路途安全為藉口，團團圍住空騎軍團的東境基地，強迫徵用基地的戰列艦與浮揚舟。東境基地雖然奮力抵抗，但在王級魔法師面前，他們的反抗實在太過無力。兩天後，陸戰軍團的東境基地也同樣淪陷了。

壓制完兩座基地，庫布里克公爵率領眾人前往巴爾汀。每經過一座城市，他都會停下來要求對方提供補給。不管對方是否遵從，他都會找藉口強行換掉當地的市長，讓部下代管城市。

聽聞此事的人，莫不為庫布里克公爵的膽大妄為而吃驚，這已經是等同於謀反了！難道庫布里克公爵打算放手一搏，賭上一切跟那位黑曜宮的女王陛下爭奪霸權嗎？

「庫布里克公爵瘋了！」

「不對，他一定有什麼把握才會做出這種事。」

「難道他與亞爾奈勾結了嗎？就像當初的阿瑪迪亞克一樣。」

「胡說！老公爵是打算用這種方式宣示自己的重要性，逼迫陛下讓步。」

各式各樣的揣測漫天飛舞，彷彿潰堤的洪水般淹沒了雷莫全土。每個人都憂心忡忡，深怕庫布里克公爵此舉將帶來什麼後患。其中，又以首都巴爾汀的人心最為浮動，畢竟老公爵可是直奔這邊而來。由於莎碧娜與札庫雷爾的存在，貴族們表面上仍然表現得很平靜，但私底下早就暗流洶湧，每天晚上都有數不清的密談。

在那之中，又以法魯斯伯爵的表現最為活躍。

自從庫布里克公爵率軍前往首都的消息被證實之後，他收到了數不清的宴會、茶會與舞會的邀請函，而他自己也不斷向外寄出同樣的東西。

「真不愧是公爵大人，這一手真是太漂亮了！讓我們為公爵大人的明智乾一杯！」

這一天，法魯斯在自宅召開了晚宴，埃拿子爵率先舉起酒杯高喊。

「為了公爵大人的明智，乾杯！」

「乾杯！公爵大人這步棋實在走得太對了！」

「為了美好的未來！乾杯吧！」

眾人紛紛舉杯呼應。

這場晚宴只邀請了庫布里克公爵一系的投靠者，人人臉色潮紅，一臉興奮。他們跟法魯斯一樣，這幾天總是邀約不斷。其他貴族費盡心思想要討好他們，好打聽老公爵究竟想要幹什麼，貴重的禮物、美麗的名媛、溢美的言詞，這些東西宛如流水般湧到他們身邊。

投靠庫布里克公爵一系的人，原本就以投機者與失意者居多，一度受盡白眼的他們，如今終於得到了在眾人面前揚眉吐氣的機會，教他們怎能不興奮？

這種谷底翻身的快感就像是強力麻藥，讓他們的身心陷入了極度亢奮的狀態。酒宴才開始沒多久，就有人已經喝得不省人事。在這裡的都是值得信賴的同志，因此他們也拋開了矜持，大聲地嘻笑怒罵，吹噓某某貴族如何奉承自己、某某貴族送了什麼禮物。

酒宴裡的中心人物，自然非法魯斯伯爵莫屬。

身為老公爵一黨的首都代言人，法魯斯充分地體會到什麼叫做人情冷暖。上次院議的失利，讓他在貴族圈裡受到不少冷眼，老公爵這次的強悍舉動似乎震懾了不少人，現在的他，不論走到哪裡人們都是笑臉相迎。

此時的法魯斯也是一臉意氣飛揚，但跟其他人比起來，他的表現反而冷靜許多。

「法魯斯大人，不知公爵大人接下來有何打算？」

「要不要我們營造一下聲勢，鼓吹大家一起迎接公爵大人？啊，儀式當然要用最高規格。」

「哎呀，這真是個好點子。必須讓某些笨蛋知道，現在已經不是艾默哈坦家獨大的時代了！」

「沒錯，庫布里克家將是雷莫的新支柱！這點無庸置疑！」

「我覺得公爵大人一定又準備了驚人的計畫，可以告訴我們嗎，法魯斯大人？」

「沒錯，請您別一個人獨享，也讓我們分享一下這份喜悅嘛。」

眾人你一言我一語的鼓噪著，希望法魯斯能透露一點情報給他們，這樣他們就有東西可以高價賣給其他貴族了。

「各位、各位，我能理解你們的心情。」

法魯斯雙手輕輕下壓，示意眾人冷靜一點。他臉上掛著高深莫測的微笑，彷彿一切盡在掌握中。

「公爵大人確實有給我指示，但目前不方便透露，還請各位見諒。現在是最關鍵的時刻，要是因為走漏消息，而讓女王派有所準備的話，我們的罪過可就大了。相信大家也不想惹公爵大人生氣吧？」

法魯斯直接把老公爵拿出來當擋箭牌，眾人也就不便再追究，只好繼續飲酒作樂。看到這群廢物貴族總算散開，法魯斯暗自鬆了一口氣。不知不覺間，他的背後已流滿冷汗。

理由很簡單。

（就算你們問了，我也不知道啊！）

因為，就連法魯斯也不知道庫布里克公爵究竟有何計畫。

當老公爵率軍出發，並且沿途接管城市的消息傳來時，正在家中寫信的法魯斯震驚得張大了嘴巴，久久合不起來。

這次的軍事行動，法魯斯事前沒有收到任何徵兆與暗示。這是怎麼回事？難道公爵大人拋棄了他們？這怎麼可能！

就在法魯斯抱頭苦思之際，他家的大門很快就被無數的派系同志所敲響。大家都想從他這邊打聽消息，在他們看來，身為庫布里克公爵一系的首都代言人的法魯斯，必定知道些什麼。

望著一張張茫然失措的臉孔，法魯斯強作鎮定地告訴他們不用緊張，一切都在預料之中。他知道自己絕對不能慌亂，否則他們這個團體的凝聚力將會一口氣喪失殆盡。最糟的情況是，陛下直接以謀反罪將他們逮捕入獄，然後暗中弄死他們。

沒錯，他必須表現得很冷靜。

（這是公爵大人的計畫，而我也知道這個計畫。這不是謀反，而是……是一種示威！沒錯，示威！因為陛下先前太過咄咄逼人，所以公爵大人想用這種方式表達自己的不忿。這是無言的抗議，只要陛下願意表達善意，公爵大人也會用善意做回應。就是這樣，這就是解答！）

法魯斯把他費盡苦心想出來的藉口告訴派系裡的同志，然後藉他們之口把消息散播出去。多虧了他的機智，首都貴族才沒有對他們扣上叛亂的帽子。不僅如此，在得知庫布里克公爵沒有謀反之意後，首都貴族們反而表現出想要跟他們建立親密關係的意思。

這不是什麼難以理解的事，只是單純的投機行為罷了。

如果女王願意讓步，老公爵的權力必定更加擴大，他們這群人的政治地位也會跟著水漲船高，提前打好關係總沒錯。如果女王不高興，到時再翻臉也不遲，只要用「這是為了麻痺敵人」、「我們是為了打入敵人內部刺探情報」當藉口就好。貴族的節操有時就是這麼廉價。

（……這樣的情況還能持續多久？）

望著沉浸於興奮之中的眾人，法魯斯面帶微笑，實則內心苦悶地想著。

庫布里克公爵在想什麼？法魯斯完全不明白。

說實話，在他看來，老公爵的舉動完全是在玩火。

像這樣張牙舞爪地進軍，鐵定會觸怒當權者。雖然女王陛下至今仍然保持沉默，沒有明文申斥老公爵，但這會不會是暴風雨前的寧靜？雖然老公爵晉升王級，但女王那邊可是還有兩位公爵呀！若是女王陛下認為老公爵的跋扈會危害到自己的統治，下定決心剷除他的話該怎麼辦？

法魯斯覺得最好的方法就是保持低調，一邊假裝順從女王陛下，一邊爭取另外兩位公爵的支持。只要不擇手段的把雷莫雙壁之一拉過來，他們就有跟女王陛下平起平坐的資格了。這才是最沒有風險的作法，老公爵的作法太激進了，為什麼要這麼做呢？

法魯斯一邊心不在焉地聽著旁人高談闊論，一邊苦苦思索。他這陣子一直是這樣，不論做什麼事，都會不自覺地探究起老公爵的心思。

「──所以呀，我那位親戚已經病得下不了床。等他死了，他的遺產……」

就在這時，旁人所說的某個單字突然勾動了他的靈感。

（──生病！）

法魯斯的表情瞬間凝固。

（難道……公爵大人的身體……？不，不會的！可是……公爵大人已經九十二歲，之前也是一直在家休養……）

貴族的平均壽命比平民高得多，這是因為貴族過著不需要辛苦勞動的優沃生活，而且就算生病也可以花大錢治療的關係。在魔導科技的眾多分支領域裡，貴族們最願意花錢投資的就是醫療這一塊。

只要肯砸錢，長命百歲不是夢想，但是九十二這個數字，在貴族之中也算難得的高齡了。眾人先前都被「王級魔法師」的頭銜所迷惑，無意間忽略了——或者是刻意不去想——老公爵的年紀。

（莫非公爵大人身體有恙，已經等不下去了？他打算趁亞爾奈入侵的機會，用自己的殘存壽命為家族爭取到最大利益，所以才……！）

想到這裡，法魯斯頓時覺得手腳冰冷。他覺得彷彿有什麼看不見的怪物朝他的背部猛吹寒氣，令他忍不住牙齒打顫。

法魯斯不是全知全能的神，不過他的推測卻也相當接近事情的真相。由此可見這位青年確實才智不凡，但在這個時候，他非常希望自己只是個自作聰明的笨蛋，沒有猜中任何東西。

「法魯斯大人，您怎麼了？臉色突然變得很不好啊？」

某個貴族青年一邊吐著酒氣，一邊醉眼迷茫地問他。

「我——」

就在法魯斯強撐笑容說自己沒事的時候，門口突然衝進來一個人。

「大消息！」

這名突然闖入的貴族青年一臉緊張地尖聲大喊。

「女王陛下打算離開首都，親自迎接公爵大人！」

法魯斯手中的酒杯立刻掉到地上。

※◆※◆※◆※

雷莫曆一四〇六年，升夏之月六日，莎碧娜終於打破沉默，對庫布里克公爵的狂悖行為做出了回應。

「庫布里克公爵乃是雷莫不可或缺的國家柱石，沿途城市理應慎重對待，如今反而輕慢功臣，實在罪無可恕。女王陛下將親自迎接庫布里克公爵，以免類似的事件再次發生，以致發生遺憾。」

以上，就是黑曜宮傳出來的消息。

對於這份聲明，每個人都有各自的解讀，就連「這是陛下重視老公爵的證據！」這種樂觀到近乎愚昧的想法，也得到不少人的支持——以庫布里克公爵一系的人居多。

然而，當迎接成員的名單出爐後，就連這些樂天派也變得啞口無言了。

除了莎碧娜本人外，札庫雷爾與諸位侯爵也會陪同前往，並派出千人編制的中央軍團作為護衛，甚至還調動了兩艘戰列艦。莎碧娜究竟在打什麼主意，自然不言而喻。

「陛下是想直接剿滅庫布里克公爵嗎？」

「是想直接壓服老公爵吧？這種強硬的作風，果然很像陛下的風格。」

「先前那份聲明，就是給老公爵的臺階吧。要是老公爵再不識相，就別怪陛下不客氣了。」

「陛下真的會動手嗎？打起來結果一定是兩敗俱傷，只會白白讓亞爾奈撿便宜。這種毫無利益可言的事，陛下不會做吧？目的應該還是想警告庫布里克公爵才對。」

「要是因為意氣之爭讓雷莫陷入危機，那就太不智了。」

「大家都是雷莫人，何必做到這種地步？這只會讓亞爾奈人看笑話。」

對於如此豪華的「迎接儀式」，有人贊成，有人反對，但這些話終究只能在私底下流傳。在這個魔力至上的世界裡，一旦王級魔法師真的鐵了心、不顧後果的想要做些什麼的話，他們這些貴族也只能乖乖聽話。

就在這種不安的氣氛下，升夏之月七日，迎接使團出發了。以莎碧娜為首的高階貴族幾乎全數離開，伯爵級魔法師變成了巴爾汀的最高戰力。但在這種情況下，不會有人真的傻到想要趁機鬧事。

至於桃樂絲一行人也在迎接使團裡面這件事，並未受到人們的特別關注。

迎接使團所派出的兩艘戰列艦名為「銀星」與「晨風」，前者是莎碧娜的坐艦，後者則供其他隨行貴族乘坐。另外由於莎碧娜的特別眷顧，札庫雷爾也獲准搭乘銀星號。

出發後不久，晨風號內部便召開了一場小型集會。出席者只有四個人，那就是札庫雷爾，以及龐古、薩爾泰、凱梅列克三名侯爵。由於必須利用白鷹從銀星號飛過來的關係，札庫雷爾是最後一個抵達會議室的。

「久等了，諸位，我們開始吧。」

進門坐入椅子後，札庫雷爾連寒暄都省略的直奔主題。

「關於接下來我們將要面對的問題，大家心裡應該都有數了吧？雖然昨天已經講過了，但經過一個晚上的思考之後，或許有人會想提出一些問題。如果有的話，請說。」

三位侯爵視線在空中彼此交錯，同時面露苦笑。

關於迎接儀式這件事，他們事前完全不知情。昨天他們是突然收到來自黑曜宮的緊張召見，在謁見室被莎碧娜與札庫雷爾告知此事的。然後他們連抗議或提出異議的機會也沒有，就這麼糊裡糊塗地離開黑曜宮。等回到家後，他們赫然發現有關迎接儀式的消息已經流傳開來，這下子他們完全被當成站在女王派那邊，連辯解的餘地都沒有了。

這種作法已經不能稱之為強硬，只能用獨斷專行來形容。

但是他們也從中看出來了，女王陛下是真的發怒了，她不打算再拖延下去，準備一口氣解決這件事。

因為這也很像莎碧娜過去的風格，所以三位侯爵都沒有對這個迎接計畫起疑心。

「在那之前，我想先問一下，里希特侯爵去哪了？」

其中一位侯爵問道。

對外公布的迎接名單上有里希特的名字，但此時卻看不到他的人。

「他另有要務。」

札庫雷爾說完便閉上嘴巴，表示不想透露更多消息。侯爵們不免開始猜測他究竟又接下了什麼樣的重要任務。秘密坐鎮首都？擔任伏兵？監視？可能性實在太多了。由於過去里希特總是神出鬼沒，所以沒人懷疑札庫雷爾的說詞。

「……既然如此，我想公爵大人您也應該告訴我們了吧？陛下想做到什麼程度？」

另一名侯爵問道。

這是最重要的問題。

擺出如此豪華的迎接陣容，女王陛下的威嚇意圖顯而易見，同時這也表示她對庫布里克公爵的跋扈相當不滿。但是，如果庫布里克公爵不肯服軟的話呢？難道兩邊真要打上一架？真打起來的話，是全軍壓上的總力戰？還是王對王的究極單挑？這些事要是沒弄清楚，侯爵們可是會連覺都睡不好。

老實說，侯爵們非常不希望兩邊真的打起來。

對國家無益也是理由之一，但最大的原因，在於他們不想死。

兩名王級魔法師一旦開戰，那個場面簡直就是天災。

他們曾經親身體驗過那種天災般的戰鬥——三年前的雷莫王位爭奪戰，莎碧娜與阿瑪迪亞克就為他們示範了什麼叫超越人智的力量。就連貴為侯爵的他們，也沒有插手的資格，要是不小心被戰鬥的餘波捲到，下場就是粉身碎骨。

三年前的體驗實在太糟了，他們不想再經歷一次那種戰鬥。

「……這不是我們能夠單方面決定的。」

札庫雷爾一邊注視眾人的眼睛，一邊面無表情說道。他那低沉渾厚的聲音過去總是讓人覺得可靠，但如今聽起來卻像是呼喚不祥的喪音。

「陛下不吝施予慈悲，可是也不會任人挑釁她的威嚴。庫布里克公爵做的那些事，就算死也不足以贖罪。他不可能不知道這麼做的後果，但他還是做了，你們覺得，他有可能臨陣退縮嗎？還是說，你們覺得陛下應該拱手把皇冠讓給他？」

「豈有此理！絕無此事！」

「不不不，不是這樣的。我們不是這個意思！」

「您誤會了！」

侯爵們連忙搖頭，發誓自己絕對沒有想過類似的念頭。

札庫雷爾的目光一一掃過眾人。札庫雷爾沒有釋放靈威，但他的視線與氣勢具有一股非比尋常的重壓，讓侯爵們感到呼吸困難。

「總之，我只能說大家務必做好最壞的打算。一旦庫布里克公爵露出反意，身為臣子的我們，絕不能只是躲在陛下後面吶喊助威。」

札庫雷爾說完，沒有等到侯爵們表態便逕自站起來。

「即使明知不敵，該站出來的時候還是要站出來。我言盡於此，希望諸位侯爵好自為之。」

說完，札庫雷爾便打開房門，頭也不回地離開了。

房間裡面飄浮著尷尬的沉默。

侯爵們互相對望，發現彼此的臉色都不是很好。過了數秒之後，其中一名侯爵才憤然拍桌。

「什麼東西！他以為自己是誰啊！」

毫無實質內容可言，純粹是發洩用的抱怨。門與牆壁都很厚，不用擔心聲音會洩漏出去，但他還是刻意壓低了音量，拍桌子的聲音反而比較大聲。

「哎，我們似乎不被信任呢。」

「這也沒辦法吧，現在的情況跟三年前很像，大概勾起陛下的回憶了吧。」

另外兩人沒有發怒，只是一邊搖頭、一邊發牢騷。

雷莫有七位侯爵，但除了里希特以外，另外六位侯爵在三年前的王位爭奪戰中，其實是站在阿瑪迪亞克那邊的。然而在阿瑪迪亞克戰敗後，他們立刻改換旗幟，向莎碧娜宣示效忠。

為了最大限度地保存雷莫的國力，莎碧娜接受了他們的投降。縱使她有心清算不可靠的貴族，也得等到能夠取代對方的人才出現才行，這不是一朝一夕就能做到的事。

正因有過前科，所以不被信賴也是當然的。

「說起來，自從陛下回歸黑曜宮以來，似乎一直沒有私下召見過我們。」

「是警告吧？提醒我們就算見到第二個王級魔法師，也別輕舉妄動之類的。」

「一般說來不是剛好相反嗎？能夠威脅自己地位的人出現了，不是更應該大力攏絡我們嗎？」

「一般人會這樣做沒錯，但那位可是銀霧魔女呀。」

「……也對。」

撇開身負魔力這一點，魔法師其實也跟凡人沒兩樣——擁有人類應該具備的所有欲望，以及伴隨著欲望所誕生的弱點。魔法師也會貪生怕死，也可以被金錢收買，也會戀棧權位。人性能夠墮落到什麼程度，魔法師就能夠腐敗到什麼地步。

但魔法師之中也會出現那種不願遵照過去的傳統，將其視為充滿臭味的陋習，希望加以改變的人物，莎碧娜就是這樣的人。

俗話說物以類聚，對不願被傳統束縛、渴望改革的年輕人而言，莎碧娜是理想的君王。但對於出身名門的侯爵們來說，莎碧娜是他們最不想靠近的對象，這就是侯爵們當初為什麼投靠阿瑪迪亞克的原因。

正因為莎碧娜討厭傳統陋習，所以期待她會用傳統的心態與方式攏絡自己，似乎太過一廂情願了。

「當初開會的時候，我們都明確表態支持陛下了。到現在還這樣對待我們，不嫌太過分嗎？」

一開始拍桌的那位侯爵氣憤地說道。

他指的是莎碧娜失蹤時，眾人在始夏之月九日參加的那場會議。那個時候，這裡的三位侯爵可是堅定地站在銀霧魔女這邊的。

事實上他們三人當初在法魯斯的上議請願事件中，不約而同地扮演了默許的角色，因此被莎碧娜警戒疏遠也是意料之事，但他們自己本身卻不這麼認為。人類為了保護自己，往往喜歡將自己的錯誤正當化。在拍桌的侯爵眼中，自己沒有做錯任何事，錯的是對他們抱著偏見的莎碧娜。

「算了吧，要是你的領地在東邊，你就會變成第二個莫瓦或史提列芬了吧？」

另一位侯爵冷笑說道。

莫瓦侯爵與史提列芬侯爵就是因為領地緊鄰庫布里克公爵，所以才沒有出席之前的那場會議。

「胡說什麼！你這是毀謗！」

「哪裡，你言重了。我只是看不慣有人老愛說些無法改善現況的廢話而已。抱歉，看來我也被陛下帶壞了。」

「你──！」

「夠了吧，我們現在是同一條船上的。內鬨不會帶來任何好處。」

第三位侯爵開口打圓場，另外兩人各自哼了一聲撇開頭。看到兩名同僚沒有再探究這個話題的意思後，他繼續說道。

「總之，這場王見王的對決，我們是無法置身事外了。但這也不是沒有好處，至少陛下贏了，我們三個的日子絕對會過得比另外三個更好。」

兩名侯爵原本因置氣而僵硬的表情，頓時出現鬆動。

沒錯，比起投向老公爵的迪爾庫夫，以及像個牆頭草一樣搖擺不定的莫瓦與史提列芬，他們三個可是自始至終都站在莎碧娜這邊。那三位侯爵一旦倒楣，他們就有染指對方領地與家產的藉口了。

「……這可不一定，說不定陛下會把好處交給她最信賴的雙壁呢。哦，對了，還有她最近的新寵，那個叫桃樂絲的。」

拍桌侯爵用酸溜溜的語氣說道。

「人家可是潛力十足的新星呢。十六歲的子爵，哼哼。」

另一位侯爵也同樣以酸味十足的語氣回應。

如果桃樂絲真是如同傳言那樣的鬼才，恐怕她不到三十歲就能成為侯爵，跟他們平起平坐了，搞不好還有挑戰公爵的資格。他們這些人都是在四、五十歲才晉升侯爵的，因此對那些年輕的魔法師精英格外看不順眼。

值得一提的是，這三位侯爵並非資質不足。他們擁有極其優秀的魔法師血脈，只要勤奮不懈，提前十年晉升侯爵絕對不是不可能。然而出身名門的他們自幼起便倍受呵護，然後又沉溺享樂，以致成就止步於此。如今就算再怎麼後悔，也沒有那個精力與時間去挑戰晉升了。

「說起來，桃樂絲好像也跟來了，還有自稱公主的那個獸人也是。」

「人家是女王近侍嘛，跟來是正常的。不過獸人也上船是怎麼回事？」

「應該是不放心吧。把那個獸人留在首都，恐怕會惹出什麼麻煩。之前那個獸人不就鬧了不少笑話嗎？」

眾人的話題不知不覺間轉移到桃樂絲一行人身上。更正確的說，他們打算以桃樂絲一行人為笑料，好排解心中的鬱悶。

「哼，也不知道那個公主頭銜是不是真的。那可是獅子族，豈有隨便走在路上就能遇見的道理？」

「獅子族又怎麼了？很稀有嗎？」

「你連這個也不知道？」

「我的領地附近沒有獸人，所以不太注意這方面的事……」

「……我說你啊，這不是沒有注意就可以簡單帶過的問題吧？」

雷莫境內一共有三支獸人部落。與人類交惡的他們，經常劫掠人類商隊，是令人頭痛的存在。當然，其他國家也同樣苦惱於獸人的騷擾，尤其是夏拉曼達，這個國家絕大部分的精力都被獸人牽扯住，以至於無力對外擴展。

在諸多獸人部落裡，座落於北境的獅子族堪稱最強，就連雷莫境內的獸人部落也遙奉獅子族為首領。雖說自從莎碧娜即位後，獸人與雷莫的關係有所緩和，但若是獅子族公主發話，那三支獸人部落很可能馬上翻臉。

「原來如此，這就是陛下對那個獸人如此縱容的原因嗎？我還以為是陛下——不，沒事。」

「你以為什麼？」

「不，那個……只是……」

不明獸人底細的侯爵的態度突然變得扭捏起來，看得另外兩人心生煩躁。

「幹什麼？吞吞吐吐的？有話就直說啊。」

「那個……我說啊，你們覺得，陛下會不會是看上那個獸人了？」

「——啥？」

「你說什麼？」

另外兩人睜大雙眼，露出一副活像見了鬼的表情。

「不，不是，我只是在想，陛下到現在都沒有傳出過緋聞，也沒聽說她跟哪個男人特別親近，這不是很奇怪嗎？以前不就一直有傳聞陛下是……你們懂吧？」

「不，那個，就算你這麼說——」

「還有，最近有一部名叫『歸家紀實』的連載小說，你們看了嗎？」

「……我看過。」

「……沒有，不過我妻子好像很迷那個。」

「你們應該還不知道吧？我們出發前，最新的連載出來了……裡面有陛下跟桃樂絲等人一起入浴的場景。」

身為聽眾的兩人同時挑了挑眉毛。

「據說陛下與她們在野外的露天溫泉嬉戲，還互相確認胸部尺寸……」

「嘶」的一聲，身為聽眾的兩人同時倒吸一口涼氣。

「而且，陛下的尺寸似乎是『因為平時都被衣服遮蓋，所以難以從外表看出來的驚人』……」

「咕嘟」一聲，身為聽眾的兩人同時用力吞了一口口水。

「你們想想，沒有陛下的允許，這書是不可能流傳出來的吧？現在書裡竟然出現了這種內容……這難道不是陛下向外面釋放的訊號嗎？暗示她其實對女人比較有興趣？」

「這、這個嘛……」

兩位侯爵面面相覷，不知該如何回答。

「其實我有把抄本帶來，你們要不要看？」

「什麼！」

「你帶了嗎！」

兩位侯爵精神頓時為之一振，雙眼變得炯炯有神。

「而且還是附有插畫的版本哦。」

「什、什麼！溫、溫泉畫面的……！」

「快拿出來！事關重大，我們非得親眼確認一遍才行！」

「沒錯！這關係到雷莫的未來！」

「喂，你們冷靜點。我怎麼可能把那種東西帶在身上？當然是放在行李裡面啊。」

「嘖！還等什麼？快走！」

「別拖拖拉拉的，快點快點！」

於是三人一臉興奮地離開了房間。那急躁中帶著一絲猥瑣的表現，簡直跟約好要一起偷看黃色書刊的青春期男孩沒兩樣。

※◆※◆※◆※

札庫雷爾邁步走在戰列艦的走道上，路旁的軍官與士兵們紛紛躬身行禮。最後，札庫雷爾停在一扇厚重的金屬門前，站立於門旁左右兩側的王家侍衛挺直了身體充當行禮。

札庫雷爾敲了敲門，很快的，門被打開一條縫隙。從縫隙中，可以看到一張年輕的少女臉孔。對方的容貌要稱為絕色或許有點困難，但毫無疑問的位於平均水準之上，是一張用可愛來形容的臉蛋。

「桃樂絲小姐，請轉告陛下，札庫雷爾求見。」

「知道了。請等一下。」

白髮少女彬彬有禮地回答，然後輕聲關門。

（越來越有模有樣了嘛……）

札庫雷爾面無表情，實則心中充滿感慨。

回想起當初剛進黑曜宮的時候，桃樂絲的表現活像是鄉巴佬一樣。雖然沒有像另外兩人一樣惹出什麼麻煩，但總是會觸犯一些常識——至少在貴族眼中算是常識——上的小錯誤。如今的桃樂絲，已經能夠正確地從事充滿貴族教養的行動與對話了。

（宮裡應該沒人教她吧？在沒人指導的情況下，竟然還進步得這麼快，真是一個聰明過人的女孩。）

札庫雷爾對桃樂絲的評價不由得又往上調高幾分。要是他知道對方頭上頂著一個作弊器，恐怕就不會這麼想了。

大概在心中默數到七的時候，門又打開了。

「請進。陛下同意謁見您。」

札庫雷爾點了點頭，然後走進房間。

這個房間乃是戰列艦上最大的休息室，由於女王入住的關係，所以特別經過一番布置。當然，以莎碧娜的個性，絕對不會要求在這種無聊的地方浪費金錢，但她的臣子以及臣子的部下，還有臣子的部下的部下，可不敢把這番囑咐完全當真。其結果就是，房間裡面多出了美麗的鮮花、筆觸溫暖的大幅油畫、昂貴的紗幔，以及一大堆原本不該存在於戰列艦之上的東西。

除了桃樂絲以外，房間裡面還有三名女性，全都坐在沙發上。

首先是黑髮的少女。

此人便是女王的替身，其名為零，札庫雷爾覺得這應該是假名。因為化妝的關係，零看起來比實際年齡還要成熟許多。身穿漆黑華服、端坐在沙發上的零，看起來跟莎碧娜實在太像了，就連札庫雷爾在這一瞬間也產生「女王其實已經回來了吧？」的錯覺。

接著是紅髮的獸人少女。

這位名叫紅榴的獸人少女雙眼迷濛、頭髮蓬亂，嘴角還沾著口水，看來似乎剛在沙發上睡著的樣子。此人自稱是獅子族公主，但看到她這副模樣，札庫雷爾實在很懷疑這個身分的真實性。如果是真的，只能說獸人對於後代教育的事情恐怕是過度放任了。

最後是銀髮的女子。

此人名為伊蒂絲，有著一頭漂亮的銀髮與異色的紅藍雙眸，五官端正，身材也很好，是個無論走到哪裡都能牢牢吸引他人目光的美女。遺憾的是，這位美女的腦袋似乎有點……不，應該是非常有問題。她自稱是歐蘭茲的部下，開口閉口就要人歸順已經不在人世的魔王，這件事在貴族圈已經變成有名的笑柄。

（……不過，據說這種事在青少年之間很流行？）

札庫雷爾想起曾聽妻子提起過，其實有時連貴族小孩也會產生這種崇拜魔王的傾向，並因此表現出某些獨特的言行，例如會將「啊啊啊，封印在我右手裡面的怪物要跑出來了！」、「終於到了解放這對眼睛的時候了嗎？」、「真沒辦法，沉睡在我身體裡面的漆黑力量啊，覺醒吧！」之類的臺詞掛在嘴邊。

「這其實是一種嚮往力量的表現，不用太過在意啦。」

最後妻子以這句話作為結尾。

札庫雷爾夫妻結婚多年，至今仍無子嗣，不過妻子一直期盼有小孩，平時就一直用心收集有關的資訊。既然是這樣的妻子所做的判斷，應該是可信的吧？札庫雷爾心想。

啟動了放在牆邊的魔導道具「天地無音」後，札庫雷爾坐入空著的沙發。

「已經好好警告過他們了，在抵達目的地前，應該會安分一陣子吧。」

這裡的「他們」，指的自然是那三位侯爵。

說實話，把無法全心信賴的傢伙放在身邊，等於抱著不知道何時會爆炸的故障魔彈。不過要是將他們留在首都，搞不好會引發更大的問題，既然如此，乾脆把他們統統帶上船。這是里希特的點子，因為挺有道理的，札庫雷爾也就接受了。

「接下來嘛……有地圖嗎？」

「啊，在這裡。」

莫浩然從書櫃取出了地圖，在桌上將其攤開。

這是雷莫的全國地圖。

「如果沒有意外的話，我們預計會在這裡跟庫布里克公爵接觸。」

札庫雷爾的手指停留於地圖上的某一點，那裡有著城市的標誌，名字則是丹羅。

「丹羅不是什麼大城，魔導護壁的功率也不高，至於兵力，當然更加無法期待。不過──」

「不過這樣正好。我們不需要更多變數。」

在傑諾的提點下，莫浩然搶先講了札庫雷爾沒有說出口的話。之後札庫雷爾對他點了點頭。

「正是如此，我們不需要更多變數。」

「只能放手一搏了。」

「……是啊，只剩下這條路了。」

札庫雷爾輕輕嘆了口氣。

「桃樂絲，希望妳的判斷沒有錯誤。」

「……不對，如果我判斷錯誤的話，那才是最好的結果。」

莫浩然按照傑諾的指示如此回答，札庫雷爾先是一愣，然後再次點了點頭。

「你們在說什麼啊？」

一旁的紅榴歪著頭問道，她的表情一片茫然，顯然聽不懂這番有如謎語般的對話。

然而回答她的並非莫浩然或札庫雷爾，而是伊蒂絲。

「他們是在說前天那件事啦，笨貓。」

「前天？」

「……不會吧，妳不記得了？」

「中午的香草羊排佐玫瑰蘑菇很好吃，晚上的酥炸鳥肉串也不錯。」

「那是菜單吧！妳腦袋只記得曾經吃過的東西嗎！」

「喵哈哈哈，因為小桃桃跟大叔老是在討論很無聊的東西嘛，就算記住了也沒用。討厭的東西一拳揍飛就好，只有沒自信的人才需要玩弄小手段，這是爺爺說的。」

「一脈相傳的直線條家庭嗎……」

伊蒂絲露出嫌惡的表情。這種肌肉比腦袋重要的論點，她完全不能苟同，身體裡面只有植物纖維而無肌肉的她，堅信智慧至上。

「力量才是一切……怎麼說呢，雖然粗暴了點，但就某方面而言，這也是真理吧。的確，要是我方有更強的力量，這次的事情或許就不會發生了。」

札庫雷爾卻彷彿感同身受似的用力點頭，不過就在伊蒂絲準備對他投出輕蔑的視線前，札庫雷爾的下一句話挽救了自己的評價。

「只是，這世上沒人擁有絕對無敵的力量，因此才有計謀的存在。就像吾王，她的強大無庸置疑，卻也不慎中了庫布里克公爵的奸計，至今仍然下落不明。依恃力量者，總有一天也會因力量而覆滅，希望妳能牢記這點。」

「知道、知道。爺爺後來也講了同樣的話。」

紅榴不耐煩地甩手。札庫雷爾「哦」了一聲。

「這樣嗎？妳的爺爺……也就是獅子族的上任族長紅蚩嗎？聽說他是一位文武全才的優秀人物，看來傳言果然沒錯。」

「不對，他是一個喜歡說教，更喜歡用拳頭教訓人的怪物爺爺。」

紅榴拚命搖頭，看來爺爺的家庭暴力在她心中留下巨大的陰影。但她的表情看不出多少負面情感，可見那位傳說中的爺爺並不是那麼糟糕的人物。紅榴的反應，可說是青春期少年、少女對待熟人的一種獨特風格吧。

「——幹嘛提起我家的怪物爺爺啊？原本我們是在說什麼？」

紅榴總算想起話題似乎跑偏了。

「是在說假扮女王的計畫可能已經被看穿了啦，笨貓。」

於是伊蒂絲一臉受不了的回答她。

在此稍微將時間退回到三天前。

自從幻影女王計畫執行以來，札庫雷爾每天都會到黑曜宮與莫浩然等人一起用餐，並且交換情報。如此頻繁的出入黑曜宮自然會引起有心人的懷疑，但由於此時正值非常時期，因此貴族們全都朝著「女王正密謀對付庫布里克公爵」這方向進行解讀。

這一天早上札庫雷爾也跟之前一樣，前往黑曜宮與眾人一起用餐。不同以往的是，從他身上散發出來的氣勢變得更加深沉。

庫布里克公爵的突然出兵、里希特的重傷、女王的下落不明、前線的膠著戰況……麻煩接二連三的出現，使札庫雷爾焦頭爛額。

當然，他絕對不會做出將情緒表露於外、導致情報外漏的愚行，只是諸多問題所帶來的壓力，終究還是以肉眼看不見的形式散發出來了。

就算面無表情、行動如常，札庫雷爾對外散發的氣勢還是一天強過一天。唯一值得慶幸的是，沒人認為這是一種焦慮不安的表現，反而覺得這是因為元帥大人收到女王的命令，將有什麼大動作。

自從里希特重傷歸來後，札庫雷爾便對於接下來該如何行動一事深感煩惱。如果是在戰場上，他有對應任何變化的自信，但是這種戰場外的計謀博奕非他所長。亞爾卡斯不在，里希特又無法經常保持清醒，身邊連一個可以商量的人也沒有的他，甚至把腦筋動到莫浩然等人頭上，希望他們能給點建議。

札庫雷爾自己也很清楚他這個要求有些強人所難。

畢竟莫浩然等人無法隨意行動，等於是變相被軟禁在黑曜宮的狀態，在這種難以接觸外界情報的情況下，根本不可能做出什麼有用的建議。說穿了，他只是想找個人吐吐苦水、發發牢騷罷了。

但在這一天的早餐桌上，莫浩然真的提出了令他驚訝的建議。

「──妳說立刻出兵，擺出不惜跟庫布里克公爵一戰的姿態，但對外要用迎接公爵作為藉口？」

札庫雷爾複述了一次剛才從莫浩然口中說出的話語。

看見莫浩然點頭後，他吐了一口長氣。

「……理由呢？這麼做，不是會刺激庫布里克公爵，讓事情變得更糟嗎？」

「正是因為考慮到最糟的情況，才要這麼做。」

札庫雷爾露出疑惑的神色。莫浩然則是一邊傾聽傑諾的說明，一邊轉述其內容。

「傑──不對，我想庫布里克公爵恐怕已經發現女王是假的了。」

「為什麼？」

札庫雷爾皺眉問道。他這陣子非常注意情報的管控，也有留意市井之間的流言，目前尚未傳出懷疑女王真假的聲音，哪怕是一句也沒有。雖然不能說全無破綻，但沒有出現值得惹人起疑的瑕疵也是事實。在這種情況下，他不認為庫布里克公爵能夠發現真相，何況還有情報傳遞的時間差、轉述造成的情報扭曲、辨識真假情報等方面的問題。

「因為里希特的關係。」

「里希特？」

「里希特出現在……那個……叫撒謝爾城嗎？這件事情就是最大的破綻。」

「……為何？里希特是監察總長，他為了調查這次的事件出現在撒謝爾城，這不是理所當然的事情嗎？」

「不對，根本就沒有調查的必要。」

「什麼意思？」

「這麼說吧，庫布里克公爵當初的聲明，是莎——女王跟他聯手誘捕亞爾奈間諜，對吧？如果這個聲明是假的，女王一旦回到黑曜宮，真相自然大白，當然就沒有必要派里希特去調查了。事實上，庫布里克公爵一定也在害怕女王找他算帳，所以後來你們發布的那則聲明——呃，就是承認庫布里克公爵的聲明的那個——他很可能覺得這是一個為了讓他麻痺大意的計謀。然後，明明沒有調查的必要，但里希特卻出現了，庫布里克公爵必定會思考里希特為何突然冒出來……」

「……我懂妳的意思了。」

札庫雷爾露出牙痛般的表情。

庫布里克公爵很可能猜到女王並未真的回歸黑曜宮。

如此一來，庫布里克公爵那一連串的狂悖行為也就可以解釋了。簡單的說，他是在試探女王的真假。

莎碧娜不可能無視庫布里克公爵的挑釁，一旦黑曜宮表現出沉默，甚至是讓步的姿態，就證明女王是假的。屆時庫布里克公爵將一口氣殺到巴爾汀，堂堂正正地揭穿假女王的真面目，然後順理成章地登上王位吧。

所以，他們絕對不能退縮。

必須擺出不惜一戰的強硬姿態，這樣才能消除庫布里克公爵的懷疑，但也不能真的把他逼上不得不翻臉的絕路，因此要用迎接為藉口，給他一個臺階下。

「可是，如果庫布里克公爵真的打算開戰，又該怎麼辦？」

「……就只能開戰了吧。」

應該說，沒有別的辦法了。

幻影女王計畫本來就是孤注一擲，賭的就是他們先找到莎碧娜，還是庫布里克公爵先反應過來。

「不過，如果對方真的動手了，就代表他們在一定程度上掌握了莎——女王的行蹤吧，所以換個角度來想，這說不定是一件好事。只要打倒那個老頭，就能得到女王的消息……當然，前提是你能打倒他。」

札庫雷爾閉上雙眼。

「……我知道了。我既然贊同了這個計畫，也就有背負代價的心理準備。」

然後札庫雷爾睜開雙眼，眼中閃耀著堅定的意志之光。

「庫布里克公爵啊，關於你是否真的觸摸到那個至高領域一事，就讓我赫伯特·札庫雷爾來確定吧！」

「——就是這樣，剛才在談的就是這件事啦。」

「哦，原來如此。」

在伊蒂絲的提醒下，紅榴恍然大悟地點了點頭。的確是有類似的記憶，不過因為覺得跟自己無關，所以很快就拋到腦後，關心下一頓飯的菜單了。如今這麼一提，被棄置於內心角落的記憶又重新變得鮮明起來。

「我懂了，現在我們是要去嚇對方一下。要是對方玩真的，那就只好認真打一場，勝負如何就看運氣了。沒錯吧，小桃桃？」

「……簡單說是這樣沒錯啦。」

雖然總覺得有值得吐槽的地方，但莫浩然決定將其忽略。

「嗯嗯，很好。這是報恩的好機會。要是小桃桃出事了，我一定會救你的，所以放心的送死吧。」

「誰要送死啊！」

最後還是吐槽了。

這時，札庫雷爾笑了起來。

「別擔心，要是庫布里克公爵真的動手，就由我來抵擋吧。」

「欸——你行嗎？人家是王級，你只是公爵吧？」

「伊蒂絲！妳太沒禮貌啦！」

莫浩然連忙向札庫雷爾道歉。

「啊，抱歉，這傢伙其實是個沒腦子的笨蛋！請千萬不要在意她說的話，把她當空氣就好！」

沒腦子這點倒是真的，甚至連內臟也沒有，畢竟伊蒂絲的身體裡面全是魔力植物。

「我只是實話實說而已。」

「就算這樣，有些實話也是不能隨便說的。」

「什麼嘛，所以你也覺得他打不贏嘛。」

「不，這個，就算這樣，這種話還是不能隨便說出口。這時候最好的作法就是保持沉默，然後用溫暖的眼神守護他，請他勇敢赴死。」

「……我現在才發現，你的性格其實也挺糟的呢。」

不顧當事人就在旁邊，莫浩然與伊蒂絲展開了極其失禮的對話，然而——

「哈哈哈哈哈哈！」

札庫雷爾卻突然放聲大笑。

因為對方的反應太過奇特，眾人的視線全都落到他身上。

「呼嘿……抱歉，因為很久沒人敢對我這麼說話了。」

札庫雷爾微微搖手，要大家不用在意。

除了爵位與他相近的少數同僚、實力在他之上的君主，以及心愛的妻子以外，每個人見到札庫雷爾莫不畢恭畢敬、謹言慎行，深怕一不小心觸怒了他。像現在這樣敢當面拿他當玩笑題材的事情，究竟有多久沒出現了呢？

（已經有三年了吧……自從那件事之後……明明才三年，卻覺得已經過了很久啊……）

札庫雷爾不禁感慨起來。

在那名毒舌男子——傑諾．拉維特——死後，就再也沒有敢跟自己開玩笑的人了。雖然以前經常被他的諷刺弄得很火大，但不知怎麼的就是無法對他產生惡感——不過也不會想特別跟他打好關係就是了。

如今回想起來，那樣的時光卻令他極為懷念。

有著非打倒不可的大敵，所有人全都為了同一個目標而奮戰，雖然經常彼此爭吵，但在那之中並沒有摻雜任何私心與惡意。現在呢？大家擁有了過去想像不到的地位與權勢，但關係也變得冷淡了……

（——不好，有點沉溺於過去了。）

察覺到眾人一直盯著自己，札庫雷爾輕咳兩聲以掩飾尷尬。

「那個……總之，如果真的非打不可，那就全部交給我吧。我不打算輸，也不見得會輸。畢竟庫布里克公爵已經上了年紀，就算晉升為王級，精力也必然大不如前。一旦進入持久戰，我不是沒有勝算。」

「真的沒問題嗎？」

「大叔你想得到的事，對方也想得到吧？別一下子就被打死了哦。」

「當然。我早就想像傑諾．拉維特一樣，當一次救國的英雄了。而現在正是大好機會。哈哈哈哈！」

面對伊蒂絲與紅榴的質疑，札庫雷爾回以爽朗的笑容。那豪邁的姿態，彷彿從來沒想過自己會戰死一樣。

「傑諾．拉維特？」

然而，莫浩然對他提到的那個人名起了反應。

「救國的英雄？怎麼回事？」

「……妳不知道嗎？」

札庫雷爾一臉驚訝。

「傑諾·拉維特所創下的奇蹟，應該沒有人——唔，不對，不一定，畢竟陛下嚴禁談論有關他的事情，年輕一輩沒聽過也是正常的……妳才十六歲吧？嗯，那就有可能不知道了。」

「所以到底是什麼事啊？」

「唔嗯，這個嘛……」

該說嗎？還是不該說呢？札庫雷爾有些為難。他不想違背莎碧娜的禁令，但其實內心深處對這項禁令不是很認同。

最後他決定偶爾順從一下自己的欲望。

「就告訴妳們吧，有關傑諾·拉維特的奇蹟。」

於是，札庫雷爾便將三年多前那場奇蹟之戰的始末告知眾人。

若是省略了前因後果的話，那並不是一段多長的故事。

「獨自擋住數十名魔法師，甚至包括三名公爵……？真的假的？那傢伙這麼猛？」

「就連爺爺都做不到耶……」

「哼，大驚小怪，這種程度的事情，對歐蘭茲大人來說輕而易舉。」

除了面無表情的零，其餘三人都露出了不同的反應。

的確，那場戰役的結果，就算用奇蹟來形容亦不為過。

同時擋下包括三名公爵級魔法師在內的軍隊，而且還是全副武裝，說不定連魔操兵裝都有配備的正規軍，這種事就連王級魔法師都不一定辦得到。

能夠完成幾乎不可能完成的偉業，才有資格被稱為英雄。

就這點來看，傑諾．拉維特的英雄之名可說是當之無愧。

「那個叫傑諾．拉維特的人，後來怎麼了？」

紅榴好奇地追問，但是札庫雷爾的表情瞬間變得陰沉，然後輕輕搖了搖頭。他這樣的態度，自然引得紅榴更加好奇，但札庫雷爾什麼都不肯說。

「現在不是談論這些的時候。妳們還是好好休息，為接下來的戰役做好準備吧。」

勇猛的陸戰軍團元帥邊說邊站起身，用這句話為這次的談話劃下句點。

會議結束後，眾人紛紛回到自己的房間。

莫浩然的身分是女王近侍，因此他仍然留在房裡。這間女王專用的休息室被人用紗帳隔出了內外兩區，零待在內區裡面，他則是在外區休息。

「原來你以前這麼厲害啊。」

確定四周沒有人後，莫浩然朝著頭上的大法師搭話。

「一個人對付一支大軍，簡直就像漫畫一樣，大法師果然不是叫假的。可是既然你這麼強，為什麼會被莎碧娜封印？難道是因為在先前的戰鬥中受傷了，無法發揮全力的關係？」

這個世界沒有治療魔法這種方便的東西，高高在上的魔法師也跟凡人一樣，不管是受傷或生病都必須乖乖療養。這個世界的醫療水準並不低，但還做不到讓重傷的人隔天就能活蹦亂跳的事情。

傑諾沒有立刻回應。

「……都是過去的事了，就算說了也沒有意義。」

過了好一會兒，他才用聽不出情緒的聲音說道。

「現在你應該關心的不是我過去的豐功偉業，而是自己的安全吧？你已經為接下來的逃跑做好準備了嗎？選好要劫持哪艘浮揚舟了嗎？勸你最好再把整個計畫從頭想一遍，以免發生意外。還有，你決定好要什麼時候向她們公布計畫了嗎？不事先打招呼，到時很容易冒出一些脫離掌握的事件哦。」

「知道了、知道了啦。」

是的，逃跑。

莫浩然之所以對札庫雷爾提出迎接庫布里克公爵的計畫，目的並非為了挽回局勢，而是為了製造逃跑的機會。

在黑曜宮，他們的一舉一動都會受到無數人的注目，所以能做的事實在有限。一旦庫布里克公爵殺到巴爾汀，他們根本沒有脫身的機會。與其如此，不如跟著札庫雷爾一起行動。

當然，札庫雷爾絕對不是那麼好對付的人物，因此必須等到迎接使團與庫布里克公爵接觸。一旦兩邊真的打起來，才是最好的時機。

（雖然覺得有點對不起他們，可是我們這邊也有自己的顧慮……）

莫浩然在心中向札庫雷爾等人道歉。

他能夠理解對方想要守護國家、等待君王回歸的心情，也知道他們為此擔負起多大的風險與壓力。但同樣的，他們也有必須要做的事。

尤其是紅榴與伊蒂絲，她們兩個之所以會捲入此事，全是因為莫浩然那違反理性的決定之故，所以莫浩然覺得自己有責任讓她們脫身。至於某個被留在首都的旅行商人，莫浩然只能說聲抱歉了。莫浩然離開前有特地留一封信給西格爾，要他快點逃跑，希望他能老實照做。

（最後，是這一邊的問題……）

莫浩然把視線投向紗帳的另一側。

此時黑髮少女正端坐在沙發上凝視虛空，不知在想些什麼。

（零該怎麼辦……真頭痛啊……）

她會同意嗎？還是說，會拔劍反抗呢？

若是自己、紅榴與伊蒂絲通力合作，應該能夠制伏零吧。但制伏之後呢？要她一起離開？還是把她留在這裡？不論選哪一個，總覺得都不會是什麼好事。

莫浩然也曾向傑諾求教，對方卻回答：「這種小事你自己想。」

（如果現在就跟零講……要是她反對的話，可能會跟札庫雷爾告密，計畫就會失敗……所以還是等到最後再說吧……嗯，就是這樣。）

最後莫浩然還是決定先把這件事往後拖，他絕不會承認這是自己優柔寡斷。

「……再練習一下吧。」

莫浩然喃喃自語，然後走到牆角，打開了自己的行李箱。裡面放著他先前旅行時所帶的東西，包括鎖在鐵匣內的禍式劍。此外，還有好幾套看起來相當昂貴的女性衣物，這是黑曜宮的侍女們硬塞給他的。

他從行李箱拿出了一個邊長約三十公分左右的正方形盒子。

打開蓋子，裡面只有一個奇怪的黑色橢圓形物體。

莫浩然用手指頭戳了兩下，只見橢圓形物體微微一動，然後從前端緩緩伸出了一個黑色的突起物。過了數秒，橢圓形物體的左右兩側各伸出三根突起物。

這是一種名叫惰殼獸的生物。

行動遲緩，壽命極長；有六隻腳，不會發出叫聲；擁有堅硬的外殼，一旦遇到危險就會將頭與四肢縮入殼裡；對環境的適應力很強，一旦吃飽，可以很久不用進食；另外，有冬眠的習慣。

簡單的說，就是異世界版的烏龜。

這隻惰殼獸是幾天前莫浩然請西格爾幫他買的，然後轉交伊蒂絲帶回來。

莫浩然將飼料葉子丟進盒子裡，盒子裡的惰殼獸一見到食物，便慢慢爬了過去，然後啃食起來。

莫浩然緊盯著惰殼獸不放。

在他的視野裡，無數的元質粒子正在運動。

（——不准吃！）

莫浩然一邊在心中吶喊，一邊操控元質粒子。

如果此時有魔法師在場的話，可以看見大量的元質粒子被吸入了莫浩然的頭部，然後從雙眼釋放出來。至於元質粒子流向的目標，正是裝著惰殼獸的盒子。

原本正在享用美食的惰殼獸突然停止動作，然後慢慢地放下葉子，重新縮回自己的殼裡。

「還不錯，已經很熟練了。」

就在莫浩然鬆了一口氣時，傑諾的聲音在耳邊響起。

「沒想到你學習魅惑之型的效率比其他魔法更快，這個魔法可不是什麼人都能用的……修復之型也是，明鏡之型也是，你似乎在輔助型魔法上很有天分，這是為什麼呢……」

莫浩然此時所練習的魔法，正是魅惑之型。

這個魔法能夠干涉目標生物的意志，使對方聽從命令，但只對比自己低階的魔法師有效。雖然用靈威恫嚇的話也能達到類似的效果，但這招也不是所有場合都適用。

以劫持浮揚舟這件事為例，由於莫浩然一行人全都不會操縱浮揚舟，因此必須順便劫持一位空航士幫忙駕駛。若是使用靈威，空航士的手腳將會變得不聽使喚，根本沒辦法操縱浮揚舟。像這種時候，魅惑之型才是最好的選擇。

養惰殼獸也是為了練習魅惑之型。雖然可以養更可愛的小動物，但惰殼獸一來不太需要照料，二來不會亂跑亂叫，實在是再理想不過的選擇。

「要是你早點教我這個，我們早就坐著浮揚舟進入亡者之檻了啦！」

莫浩然對傑諾的稱讚完全不領情，而是忿忿不平地低聲抱怨。

「嗯，的確，我承認我失算了。不過誰叫你的操魔技術那麼差勁，連穿弓之型都射不準，我會看錯也是很正常的事。」

對魔法師而言，穿弓之型這個魔法堪稱基礎中的基礎。

凝聚魔力，然後投擲，這個過程可說是簡單到不能再簡單。操魔技術越好，命中率越高，偏偏莫浩然的射擊準度低到令人髮指，即使每天都在練習，到現在也只達到五發中一發的程度。一般說來，這種人根本不配稱為魔法師，只能當騎士或魔導技師。

「擅長輔助型魔法的人本來就很稀有，能使用複數輔助型魔法的人就更少了……話說你到底是怎麼做到的？」

「別問我，我也不知道。」

莫浩然只是按照傑諾所說的步驟，然後加上以地球知識為根據的理解，就這樣莫名其妙的成功了。

「就某方面來說，魔法是魔法師意志的體現，尤其是魅惑之型這種干涉他人思維的魔法……難道你的意志比較堅韌嗎？還是你那個世界的人全都是這樣子的？還是說，是因為『異界召喚』的緣故……嗯，真令人好奇。」

傑諾為莫浩然的成功分析出數個可能性，但沒有驗證的時間與手段，目前也只能停留在建立假說的階段。

由於插不上嘴，所以莫浩然只是一邊聆聽，一邊控制惰殼獸的行動。雖然表面上不在意，但其實他挺希望是第一個的。

像這種「我是特別的」的想法，人類無論到幾歲都擺脫不了，何況是一位十六歲的高中生，如果以動漫用語來形容，那就是「永不熄滅的中二魂」。

戰爭日 04
札庫雷爾的決意

丹羅城是一座人口約一萬人的小型城市，主要的財政收入仰賴木材出口。像這樣的小城，雷莫境內有十幾個，實在不值一提。但在雷莫曆一四〇六年，升夏之月八日，丹羅這個名字注定將在雷莫歷史上留下屬於自己的痕跡。

這一天，雷莫女王莎碧娜．艾默哈坦親自率領使團，離開首都遠赴此地，親自迎接庫布里克公爵，隨行人員包括了赫伯特．札庫雷爾為首的眾多高階貴族。這樣的殊榮在雷莫歷史上從未出現過，由此可見女王對庫布里克公爵的看重！

至少表面上是這樣沒錯。

丹羅城的領主名叫帕卡洛夫男爵，今年四十七歲，沒有什麼作為，但也沒有太多惡行，用平庸來形容此人亦不為過。該城的防衛軍團長是海拉男爵，今年二十四歲，年輕的他懷抱著出人頭地的野心，因此不太瞧得起無所作為的帕卡洛夫男爵。

帕卡洛夫男爵與海拉男爵相處得不是很融洽，平時逮到機會就會互相譏諷。但這陣子兩人像是同時說好了一樣，不但嚴令手下不得隨便尋釁鬧事，還經常彼此邀請對方參加茶會。兩人為何會變得如此要好？其原因大家心知肚明。

兩人並沒有站隊的打算。不管是莎碧娜或庫布里克公爵，哪一方都是他們惹不起的龐然大物，他們也不覺得自己的分量有重到足以影響勝負的天平倒向何方。因此當女王一行人抵達時，兩人便大開城門，按照一般禮節請女王進入城主府休息，並且安排了一連串包括舞會、音樂會、閱兵儀式等各式各樣的節目。

「不用費心。這次的主角是庫布里克卿，這些東西等他到了再舉行也不遲。」

莎碧娜拒絕了兩位男爵的好意，堅持繼續待在戰列艦上。她所帶來的隨行人員也是如此。

由於丹羅城的升降區太小，因此兩艘戰列艦與數艘浮揚舟全都停泊於城外。這種低階貴族在城內、高階貴族在城外的奇景，可說是前所未聞。

這一天，整座丹羅城都是在緊張的氣氛中度過的。

到了隔天，升夏之月九日的上午九點時分，庫布里克公爵率領的集團也抵達了。女王軍全數升空，與公爵軍隔著五公里左右的距離遙遙對峙。

「……看來對方來意不善。」

見到這一幕，站在指揮室的札庫雷爾忍不住皺起眉毛，低聲呢喃。

「陛下，請允許微臣與庫布里克公爵對話。」

札庫雷爾轉頭向坐在司令席上的女王提出請求。此時指揮室裡面還有許多空航士與士兵，他不得不繼續演戲。

零輕輕點了點頭。

一名士兵走到札庫雷爾面前，恭敬地遞上一個金屬圓餅。札庫雷爾接過之後，便對著金屬圓餅開口。

「我是札庫雷爾公爵——赫伯特．札庫雷爾。」

透過魔導道具的擴音效果，札庫雷爾那渾厚的聲音響徹艦外的空間。由於這個世界沒有無線電，因此只能利用這種方式——或者書面文字與閃光信號——向其他空中單位傳遞訊息。

「為了迎接庫布里克公爵，吾王特地親臨此地。此事應該已用白鷹速報告知爾等，為何爾等竟如此無禮！庫布里克公爵，汝究竟意欲為何？」

札庫雷爾的聲音陡然變得嚴厲。

雖然美其名曰是女王親迎，但庫布里克公爵畢竟是臣子。按照禮節，他必須先行降落，接著拜見君主。像現在這樣遙遙對峙的情況，絕對是無禮至極的行為。

庫布里克公爵一方的空中艦隊，正處於異常緊張的氣氛之中。

艦隊裡的每個人都將目光投向庫布里克公爵所在的戰列艦「轟雷」，原因無他，札庫雷爾的質問，也是他們想知道的。

庫布里克公爵一方的成員非常複雜，除了各地領主所率領的私人衛士、被策反的駐城防衛軍，還有一路裹挾而來的地方部隊。這些人根本不知道庫布里克公爵究竟想要做什麼。

事實上，當庫布里克公爵攻打東境基地時，他們就覺得事情似乎變得非常不妙了。庫布里克公爵的行為就算稱之為謀反也不為過，但他們可沒有成為叛軍的心理準備。

雖然心懷疑懼，但他們還是沒有反抗。因為在出發的第一天，庫布里克公爵就把所有領主與高級軍官叫到自己所乘坐的戰列艦上，不讓他們離開。他們唯一能做的，就是聽命行事。

（現在連陛下與札庫雷爾公爵都被惹出來了，您也該說出自己的用意了吧？）

每個人的眼神都帶著類似的期盼。

有著同樣想法的，也包括待在戰列艦指揮室裡的各地領主與高級軍官們。

這些人在自己的地盤裡皆是說一不二的存在，他們可以憑著自己的喜好任意剝奪他人的財產與性命。但此時此刻，他們只能成群結隊在牆邊站著，連一張椅子都沒有。

指揮室裡面有位子的，除了坐在固定式椅子上的空航士，就只有庫布里克父子，以及一個戴著面具的奇怪老人。

當札庫雷爾提出質問後，他們便死命盯著老公爵不放。

然而庫布里克公爵只是面無表情地坐在那裡，什麼話也沒說。他的兒子庫布里克伯爵也一樣，一點反應也沒有，彷彿完全沒聽到對方的質問似的。

一片沉默。指揮室裡的氣氛令人無比難受。

「那個，公爵大人……」

最後，其中一位高級軍官大膽開口。

「札庫雷爾公爵似乎對我們有些誤會，您是不是該向他解釋一下？」

其他人不禁對這位高級軍官的說話藝術暗暗叫好。這裡的「誤會」可以有很多種解釋，也可以巧妙地掩飾他們這些人的立場。

老實說，他們根本不想背叛銀霧魔女。

或許當「女王身亡」的消息四處流傳時，他們確實有擁戴庫布里克公爵的想法沒錯，但在「女王回歸」的消息出現後，這個想法就如同夏日的霜雪般融化得無影無蹤。取而代之的，是利用庫布里克公爵的力量建立強而有力的政治派閥，為自己謀得更多利益的思維。

畢竟明眼人都看得出來，莎碧娜一方的戰力遠勝庫布里克公爵，要是真的揭起反旗，等待著他們的只有滅亡。

他們相信庫布里克公爵不可能看不出這點，而他在女王回歸後表現出來的沉默，也讓眾人覺得庫布里克公爵的想法與他們一樣。

偏偏就在這時，庫布里克公爵突然發布了動員令，並且下達違令者後果自負的嚴重警告。

迫於庫布里克公爵的威勢，眾人不得不來。沒想到會合後，庫布里克公爵竟把他們軟禁起來，接著展開一連串令人心臟為之凍結的行動。過程中不是沒有人勸誡或逃跑，但那些人全都變成了零散的碎塊，此後再也無人敢違逆老公爵，也無人敢詢問他到底想幹嘛。

然而現在擋在庫布里克公爵面前的，可是雷莫女王與陸戰軍團元帥。無論如何，現在已經到了非攤牌不可的時刻。

眾人緊張地盯著庫布里克公爵不放，打從心裡期盼他說出「嗯，的確是有些誤會，就讓我們出去迎接陛下，解除這個誤會吧！」這句話。

不過，也有少數人打從心底希望老公爵不要這麼做。這些人認為在亞爾奈大軍壓境的情況下，莎碧娜不敢對他們怎麼樣。這正是展現強硬姿態，撈取好處的時候。

無數道蘊含了不同心思與情緒的視線，全都投注在庫布里克公爵身上。

「把振音器拿來。」

過了一段讓人感覺分外漫長的短暫時間，庫布里克公爵終於開口了。

一名士兵連忙捧上一個金屬圓餅狀的物體。在眾人的注視下，庫布里克公爵緩緩地將振音器放到嘴邊，由於握法的關係，他的臉孔下半部幾乎全被遮住。

「你問我意欲為何？」

透過魔導道具的增幅，老公爵的聲音遠遠傳揚。

「我才想問你究竟在幹什麼，赫伯特．札庫雷爾！艾默哈坦陛下已死，這是我親眼所見，絕對不會有錯。你們以為隨便找一個假貨出來，就能欺騙世人了嗎？」

驚愕的炸彈同時在兩邊的艦隊中炸裂開來。

庫布里克公爵的發言太過駭人，所有人莫不瞪大眼睛，滿臉錯愕，腦中一片空白。下一秒鐘，恐慌、茫然、懷疑、憤怒、狂喜……各式各樣的情緒從眾人心中紛紛萌芽，但是就在情緒的波紋擴散開來之前，一道厚重有如山岳的聲音，將這一切全都擋了下來。

「──庫布里克公爵，你瘋了嗎？如果我沒聽錯的話，你似乎在懷疑陛下的身分？你是因為這種無聊的懷疑，才做出那些愚蠢行為的嗎？可笑至極！」

札庫雷爾的聲音非常冷靜，聽不出絲毫的動搖，就像他往常給人的印象一樣，沉穩如山。聽到這個聲音，不少人也跟著冷靜下來，並且懷疑老公爵是否真的精神錯亂了。

（幸好桃樂絲早就警告過我了……得好好謝謝她才行。）

由於早就做好心理準備，札庫雷爾才能如此冷靜。他在戰場上的機變與決斷力一向為人所稱道，但在戰場以外的地方，這些能力就會大打折扣。如果不是早在腦中預先演練過好幾次，他恐怕無法做出那麼自然的應對吧。

札庫雷爾一邊懷著對身後那位白髮少女的感謝，一邊開口說道。

「既然你如此懷疑，那就立刻滾過來請求謁見，看看你口中的假貨到底是什麼人，然後伏地請罪吧！我倒要看看，等一下你還會給我扯出什麼樣的爛藉口！」

穩重中帶著輕微的怒火，這樣的語氣與內容很符合札庫雷爾一貫予人的形象。

按照先前的討論，庫布里克公爵縱使確定艦上的莎碧娜是假貨，也不會真的上艦確認，因為——

「笑話！登上你們的船艦，然後讓你們暗算我嗎？用一艘戰列艦換一個王級魔法師的命，這筆買賣可真划算。別以為我會中這種膚淺的計謀，札庫雷爾。」

歷史上確實曾有過一國公爵被捲入浮揚舟的事故，因而身亡的例子。

那場事故的原因是魔力爐失控，導致整艘船被炸得四分五裂。為了安全起見，一般的空中船艦在建造時會大量使用惰魔金屬，因此那位公爵根本來不及調集足夠的魔力進行防禦。

如果換成戰列艦的話，內部配置的魔力爐與惰魔金屬等級自然更高一籌，一旦讓它自爆，要埋葬一位王爵並非不可能。

既然堅信艦上的莎碧娜是假貨，庫布里克公爵當然不可能冒著生命危險前來確認。因此，正常說來，他接下來應該要——

「哼！說得可真有道理。俗話說心懷不軌的人，也會用同樣的心思去揣測別人，指的就是你這種人吧？你到底想怎麼樣？要陛下紆尊降貴親自走到你面前，讓你確認真假嗎？狂妄也該有個限度！」

札庫雷爾的怒吼搖撼了天與地。

無論是敵我雙方，都被這股充滿怒火的咆哮所震懾。

「立刻給我滾過來向陛下謝罪，魯爾．庫布里克！不然就派個親信過來，讓他用自己的眼睛確認一下，自己的主人是不是已經老到腦子壞掉了！不過到那時候，你的罪過只會更重！」

為了顯示自己這一方的正確性，應該邀請對方派人過來，或是利用其他更安全的方法進行確認。

然而，庫布里克公爵的回答很可能是——

「呵，你以為我會上當嗎？你們想玩什麼把戲我很清楚。難道你們以為我是那種明知前面有陷阱還特地踏上去的蠢人嗎？」

就如同預料的一樣，庫布里克公爵嚴詞拒絕。

這是一種逆向的心理推測。根據庫布里克公爵先前所使用的種種謀略，可以看出他的猜疑心很重。或許是因為上了年紀，從他的行動中感覺不到一位王爵應有的霸氣。

想必在旁人眼中，此時的庫布里克公爵很像是在無理取鬧吧？更可能有人認為他心虛了。

但札庫雷爾很清楚，這只是錯覺。

無論他們這邊提出再有誠意的方案，庫布里克公爵都絕對不會接受。因為堅信真正的莎碧娜並不在場的他，有更穩妥的解決之道——

「別徒費口舌了，札庫雷爾！既然你口口聲聲說陛下就在這裡，那麼我就用自己的劍來判斷她的真假吧！」

此言一出，敵我盡皆譁然。

老公爵竟然打算挑戰女王！

轟雷號的指揮室裡，所有人全都震驚地看著庫布里克公爵。就連想法最激進的人，也沒料到他竟然會這麼做。

「就讓我親手撕下那些傢伙的假面具，告訴大家，究竟誰才是正義！」

庫布里克公爵扔下振音器，威風凜凜地轉過身體，朝大門走去。庫布里克伯爵與面具怪人緊跟其後。

其他人面面相覷，一時間不知該如何是好。

「那個老頭瘋了嗎？」

「可是，看他那麼有把握的樣子，說不定……」

「公爵大人不可能拿自己的性命與前途開玩笑吧？」

「莫非……陛下真的已經……？」

眾人竊竊私語，指揮室頓時陷入了猜疑的風暴。

同樣的情況也發生在銀星號的指揮室。

不同的是，有個男人用行動驅散了這股不安的氛圍。

「愚蠢！冥頑不靈！陛下，赫伯特．札庫雷爾在此請戰。屬下必定會提著魯爾．庫布里克的脖子，讓他在您面前下跪謝罪！」

札庫雷爾低頭向坐在指揮席上的女王高聲請求。這個要求非常符合他的忠誠形象，沒有不合理之處。

零單手支頷，輕輕點了點頭。那高高在上的姿態，充滿了統治者應有的風範。

札庫雷爾行了一禮，然後轉過身體，同時大手一揮，背後的披風高高揚起，為眾人留下一個雄壯威武的背影。

凡是看到那個背影的人，會覺得什麼事都難不倒他吧？

札庫雷爾走到了戰列艦的甲板上。

空中的風非常強勁，幾乎快要把人颳跑一樣，一旦行駛，風壓想必會是現在的數倍吧？據說每年總有許多好奇的笨蛋，為了在行駛的戰列艦上欣賞風景而被吹跑，讓亞爾卡斯傷透腦筋。

札庫雷爾一邊想著不合時宜的趣聞，一邊看向位置略微靠前的晨風號。

（沒有動靜……他們沒有懷疑嗎？……不，不管有沒有起疑，他們這時候都不會行動。）

札庫雷爾原本以為那三位侯爵聽了庫布里克公爵的煽動之後，會騎著白鷹飛過來尋求真相，沒想到他們什麼都沒做。

不過札庫雷爾可不認為事情有那麼簡單，那三人之所以如此安分，恐怕是因為預料到接下來會有一場大戰吧？

即使貴為侯爵，但在這個戰力等級過高的戰場上，根本沒有他們介入的餘地。這些愛惜性命的傢伙，想必正打著一切等到戰鬥結束之後再說的主意，真是一群聰明過頭的傢伙。

不過，這也讓札庫雷爾省了一些麻煩。大戰在即，他可沒心情跟那些傢伙打交道。

札庫雷爾見到有一道黑影從對方的戰列艦上衝出來。

「來了啊，庫布里克公爵……」

札庫雷爾掏出了藏於軍服之下的項鍊。

「就讓我來看看，晉升王級的傳聞究竟是真是假吧！」

怒吼著，札庫雷爾發動天翔之型衝向對方，同時解放了封魔水晶。

沒有保留實力的餘裕，從一開始就必須全力以赴！

解放封魔水晶的瞬間，巨大的魔力以札庫雷爾為中心轟然炸開。炸裂的魔力先是向四方擴散，接著又突然轉彎，重新逆流到札庫雷爾身邊。魔力在這段奇異的流動過程中遭到點燃，化為足以燒融岩石的熾熱火焰。

火焰的燃燒範圍以等比級數不斷增加，轉眼間，就連銀星號與晨風號也受到影響。魔導護壁不斷閃爍，竭力抵擋札庫雷爾的魔力之火。有兩艘倒楣的浮揚舟不幸被燒到，外壁竟然直接就融化了。

「該死！快退、快後退！」

「瘋子！竟然一開始就搬出魔操兵裝！」

晨風號指揮室的侯爵們急忙大吼。空航士也汗流浹背地操縱儀器，讓戰列艦撤到安全距離。不只是晨風號，連銀星號也同樣跟著後退，以免被捲入火焰的渦流之中。

公爵級魔法師的魔力領域，最低標準是半徑一千公尺。札庫雷爾的領域半徑是一千六百公尺，在這個距離內的一切事物，都陷入了赤紅色的世界。

被紅褐色全身重甲所覆蓋，在空中被炎流包圍環繞的札庫雷爾，看起來有如司掌火焰的神祇。

這就是札庫雷爾專屬的權杖級魔操兵裝——「霸炎」。

循環對流的魔力之炎是他的劍，也是他的盾，在近千度的烈火面前，任何武器或鎧甲都不堪一擊，就算敵人躲在城塞之中，也能將對方連同牆壁一起燒融，這套「霸炎」就是如此霸道的魔操兵裝。

札庫雷爾大吼一聲，直接衝向庫布里克公爵。

「霸炎」的火之渦流堪稱攻防一體，因此不需要多餘的招數，只要直接朝敵人撞過去就夠了。在旁觀者眼中，就像是有一顆巨大的火球正在飛翔。

這一擊，恐怕就算是戰列艦也會被擊沉吧。

然而——火焰突然減弱了。

靠近庫布里克公爵的火焰以肉眼可見的速度急速消失，札庫雷爾所製造的火之渦流轉眼間就縮小了一大半。

（……領域侵蝕！）

札庫雷爾很清楚原因。

庫布里克公爵掠奪了附近的元質粒子，札庫雷爾的魔力之炎失去燃料，所以火焰之渦才會縮小。

事實上，這才是對札庫雷爾這一招最正確的應對方式。

不論是閃避或防禦，都會把戰鬥的主動權拱手讓給札庫雷爾，最後被無限循環的火渦活活磨死。唯有搶奪元質粒子的控制權，才能阻止札庫雷爾的火渦衝撞。

更重要的是，庫布里克公爵的侵蝕速度奇快無比。

（果然是王級的水準——）

半徑超過一千公尺的火焰之渦，幾乎在一個呼吸的時間裡就縮減為原來的一半。

（——但，還不夠快！）

札庫雷爾沒有停止衝撞，速度反而比先前快了一倍。

這招的弱點，身為創造者的札庫雷爾比任何人都清楚。

因此，他準備了陷阱。

那只是很簡單的小把戲，札庫雷爾刻意壓抑自己的速度，讓對方誤判安全距離，以為可以在他撞上來前，就摸清楚彼此互相侵蝕領域的極限界線，然後以此制訂戰術。

在這種情況下，一旦札庫雷爾突然加速，敵人將會完全來不及閃躲，直接被火渦吞噬。魔法師跟獸人不同，肉體脆弱一如凡人，即使只是被火渦擦到，也會身受重傷。

就在札庫雷爾的火渦即將撞上庫布里克公爵的瞬間——

「什麼！」

一道青色的閃光撕裂了火渦。

下一秒鐘，札庫雷爾整個人向後倒飛出去。這並非基於自我意志，而是因為受到了重擊之故。

札庫雷爾還來不及重整勢態，第二、第三道打擊便接踵而來，將他一口氣抽飛了數十公尺遠。當第四道打擊降臨時，他終於側身閃過了攻擊，並且察覺剛才究竟發生了什麼事。

（閃焰之型！）

這招庫布里克家獨有的特殊型魔法，在上級貴族間幾乎人人皆知。但因為庫布里克公爵太久沒跟人動手，因此這個魔法的恐怖也逐漸被人所淡忘。

超高速的燒灼斬擊。

青炎之刃的速度甚至超越了聲音，人類的反射神經根本無法及時對這招做出反應，只要一進入閃焰之型的攻擊距離，必定會被擊中。

庫布里克公爵就是用閃焰之型硬生生撕開火渦，將札庫雷爾擊飛的。由於札庫雷爾穿上了魔操兵裝，青炎的燒灼傷害對他無效，然而閃焰本身的力道依舊不容小覷。

（真快……這下子麻煩了……）

對方的底牌比札庫雷爾想像的還要棘手，閃焰的超高速打擊完全封住了火渦衝撞這一招。

「那麼，這樣如何？」

札庫雷爾的雙手掌心各自凝聚了一團火焰，接著他雙手平舉，兩條火柱筆直地射向庫布里克公爵。這是附上了魔力之炎的穿弓之型，看起來就像是試探性的攻擊。

火柱雖快，但這樣的攻擊難不倒庫布里克公爵。只見他一邊閃避，一邊主動衝向札庫雷爾。

（——原來如此，打算用閃焰之型一口氣分出勝負嗎？）

在對方還沒來得及構思對策前，就以本身的優勢迅速擊敗對手，這才是戰鬥的真理。那種向敵人耀武揚威，動口多過動手的打法，只存在於訓練、童話故事與自以為是的菜鳥魔法師之中。庫布里克公爵是老貴族，戰鬥經驗無比豐富，絕不會犯下如此粗淺的錯誤。

面對高速衝來的敵人，札庫雷爾一邊向後急飛，一邊連續發動穿弓之型。只見庫布里克公爵在空中左閃右躲，避開了所有攻擊。札庫雷爾立刻進行無序飛行，並且不斷射出火柱，然而他的攻擊始終沒有擦到庫布里克公爵的衣角。

庫布里克公爵沒有麻煩，但麻煩卻轉嫁到了旁人身上。

由公爵級魔法師所發動，而且還是經過魔操兵裝加持的穿弓之型，威力何等驚人？札庫雷爾射出的火柱變成失控的流箭，敵我雙方的船艦全都遭受波及，有好幾艘浮揚舟被火柱轟穿。

「再後退、後退！」

晨風號的指揮室再度響起哀號，而哀號的演奏者正是三侯爵。

「混蛋，他想害死自家人嗎？」

「魔導護壁的輸出功率開到最大！最大！」

「至少也該稍微顧慮一下陛下吧。」

其實他們想說的是「稍微顧慮一下他們」。原本以為待在戰列艦就能安心觀戰，沒想到札庫雷爾動起手來如此肆無忌憚，毫不在乎是否誤傷友軍。

其實這種抱怨是沒有道理的，如果換成他們自己，在面對必須全力以赴的戰鬥時，也不會特地分出心神去照顧旁觀者。只是一旦那個旁觀者的角色變成了自己，能否堅持這個道理又是另一回事了。

在侯爵們的催促下，晨風號不斷後退，甚至一路退到了銀星號後面。這其實是一種大不敬的行為，等於是把君主的坐艦當成盾牌，但事關自己的安危，侯爵們也沒有心情保持表面上的敬意了。

札庫雷爾與庫布里克公爵不斷在空中高速移動，朝著四面八方無序飛行，猶如互相追逐廝殺的凶鳥。

他們這些旁觀者就算前一刻退到了安全距離，下一刻可能又會被波及。魔導護壁因為不時遭到流彈攻擊的關係，從剛才就一直閃爍不定。

「喂，札庫雷爾看起來不太妙，看來庫布里克真的晉升了。」

「廢話！我有眼睛，自己會看！」

「再這樣下去，陛下就會出手了吧……我說，要不要再後退一點啊？」

三侯爵竊竊私語，神情顯得有些猶豫。

一旦莎碧娜出手，就真的是兩位王級魔法師的戰鬥了。三年前的惡夢，至今他們仍記憶猶新，若是被捲入，就算有魔導護壁也沒用。最好的作法，就是遠遠躲開，完全不要靠近。

要不是庫布里克公爵說了那些話，他們一定會這麼做。

三侯爵覺得庫布里克公爵的指控太過異想天開，但仍不免心生疑慮。仔細想想，陛下自從回歸後，有些表現似乎確實不同以往……只是，若要說陛下是他人假扮，卻又太過牽強了。

不僅外貌、身材、動作、聲音完全一樣，就連氣質與政務能力也找不出一點瑕疵的假女王？這世上哪有這麼厲害的冒牌貨！

誠然，庫布里克公爵既然敢這麼說，必定有相當把握。

可是……如果庫布里克公爵弄錯了呢？說不定他被假情報所騙，或者誤信了某個自作聰明的部下的建言。這樣的可能性，至少比「陛下是假貨」的機率高多了。

只是，要摘掉萌生的疑慮之芽並不是那麼容易的事。畢竟人們一旦遭遇困境，總是會抱著「萬一」、「或許」、「說不定」之類的想法。

如果銀星號上的女王是假的，此戰庫布里克公爵必勝。那他們脫離戰場的行為，又會被如何解讀？

他們會不會被視為軟弱之輩？

貴族的世界其實跟盜匪的世界很像，一旦被看輕，其他人就會一擁而上，想盡辦法從你身上掠奪利益。哪怕他們是侯爵也一樣，因為雷莫的侯爵不是只有他們三個。更重要的是，同陣營的人也會看輕他們。

他們三人已被烙上女王派的烙印，要是雷莫雙璧被殺——這很有可能，畢竟他們是女王派的支柱——的話，派系的主導權就會落到他們這些侯爵手上。如果庫布里克公爵想要收服女王派，攏絡派系領袖是最快、最有效的方法。

三侯爵希望拿到派系領袖的位置，這樣向庫布里克公爵投降時，就有更多籌碼可供運用。要是他們三人在此時表現得太難看，底下的人絕不會擁戴他們當領袖，因為女王派還有一個里希特在。

換言之，為了日後的政治利益，他們不能後退。否則一旦庫布里克公爵當上雷莫國王，他們的權力勢必遭到削減，然後被當成禮物分給那些早早就向庫布里克公爵投誠的混蛋。

（該怎麼辦才好？）

為了自己的私心，三侯爵陷入了深深的猶疑。

在這個戰場上，能看出札庫雷爾處於劣勢的人並不多。

強者之間的戰鬥，弱者很難看出其精妙之處。就像兩個高明的武術家在對打，外行人只能見到表面上的華麗動作，卻無法理解這些動作究竟有何含義，只有在勝負底定後，才能知道孰強孰弱。

對於實力不足──以魔法師等級來說，大約是侯爵以下──的人而言，札庫雷爾與庫布里克公爵的戰鬥就像是一場令人眼花繚亂、聲光效果極其驚人的絢爛表演。他們無法捕捉兩人的動作，也猜不透兩人的戰術，以及採取這些戰術的理由。

戰場上，火柱與閃光不斷飛舞。單純就聲勢來看，札庫雷爾似乎還占了上風。

將敵我兩方一起算進去，能夠看穿真相的，恐怕不到十人。

某位大法師當然屬於「能夠看穿」的那一方。

「札庫雷爾被壓制了。」

傑諾用不容第三者聽見的音量，對莫浩然解說戰況。

「……真的假的？」

莫浩然當然屬於「無法看穿」的那一邊。在他看來，札庫雷爾打得相當精采。

「騙你幹嘛？雖然我覺得札庫雷爾不可能就這麼認輸。」

「那麼……」

要準備逃跑了嗎？莫浩然心想。

他朝紅榴與伊蒂絲看了一眼，她們正透過強化玻璃觀賞外面的戰況，一副樂在其中的樣子。昨天莫浩然就已經跟兩人打過招呼了，只要他一動手，她們就會立刻跟進。

（問題是這邊……）

莫浩然的視線落到零的身上。

最後，他還是沒有對零說出計畫。

莫浩然有好幾次機會可以向零提起這件事，但每次話一到嘴邊，卻怎麼也說不出口，他就這樣拖到現在，以至於最後只剩一條路可走。莫浩然對自己的懦弱感到厭惡。

（還有執行計畫的時機……）

太早或太晚都不行，最好是等到札庫雷爾被打倒的那一刻，就搶走浮揚舟脫離戰場。可是前置作業也需要時間，因為沒有機會預先演練，所以動手的時機很難掌握。

不過傑諾說判斷時機的工作交給他，這方面應該不用太擔心。

「咦耶耶耶耶？那個好帥——！」

就在這時，紅榴突然發出驚呼。

巴魯希特站在戰列艦的甲板上，任憑強風拍打自己的身體。

說實話，他很不想這麼做。

眼前可是屬於王級與公爵級魔法師的戰場，稍一不慎，連他自己也會遭到波及。對於僅有勛爵級實力的巴魯希特來說，這種觀戰方式的風險太高了。

但巴魯希特不得不如此。

要是待在指揮室裡面，他裝在庫布里克公爵耳邊的通訊型魔導道具會受到惰魔金屬干擾，無法傳達指示。戰場上什麼事都可能發生，他必須確保自己與庫布里克公爵的聯絡管道暢通無礙，以對應各種不可知的意外。

他不覺得自己過分謹慎。三年前的慘敗，就是因為他的自大所導致。他發過誓，自己絕不再重蹈覆轍。

「……不過，看來勝負已經很明顯了。」

巴魯希特喃喃自語。

他也屬於「能夠看穿」的少數人之一。

即使實力大不如前，但眼光與經驗還在。巴魯希特知道札庫雷爾正落在下風，而且他也很清楚，再這樣下去札庫雷爾必敗無疑。

原因在於——札庫雷爾用了魔操兵裝。

王爵與公爵的實力本來就存在極大落差，哪怕庫布里克公爵只是偽王，他的魔力領域依舊遙遙領先公爵級魔法師。札庫雷爾之所以能跟庫布里克公爵僵持至今，全是因為魔操兵裝彌補了這段實力差距。

魔操兵裝會帶給使用者極為沉重的精神負擔，巴魯希特估計，札庫雷爾頂多再撐三分鐘。

雖然也可以命令庫布里克公爵進行強攻，直接擊敗裝備了魔操兵裝的札庫雷爾，但那樣做除了突顯庫布里克公爵的強大，沒辦法給他帶來任何好處，說不定還會迫得札庫雷爾臨死一搏。

與其如此，還不如像現在這樣慢慢收緊對手脖子上的繩子，最後再用力一勒，毫無風險地解決問題。

（不過，事情比想像得還順利……原本以為雷莫雙壁有多難解決，現在看來不過如此。）

其實巴魯希特對這一戰始終有點不放心。

不完全的王爵，對上擁有專屬型魔操兵裝的公爵，連他也不敢斷言己方必勝，現在看來是自己多心了。

（是因為被里希特擺了一道，心理產生陰影的關係吧。）

巴魯希特暗暗自嘲。

（殺了札庫雷爾，接下來就是直奔首都解決里希特。只要殺了他，我就可以繼續隱身幕後。王位那種東西隨便給誰都行，只要找到傑諾，我就是最後的贏家！）

巴魯希特開始在心中描繪關於未來的藍圖。就在這時，眼前的戰場突然出現變化。

「什麼──！」

巴魯希特驚訝地大喊。

札庫雷爾是個天生的戰士。

凡是貴族都有軍銜，但並非所有貴族都願意涉足戰場。比起斬殺怪物，許多貴族更願意待在安全的城市裡吃喝玩樂。這些貴族打從心底認為，自己的命比起他人的命更有價值。

這樣的情況在上位貴族之間尤其明顯。許多魔法師被授予高爵，但他們實際戰鬥過的次數恐怕一隻手就數得出來。

這些好逸惡勞的貴族習慣用靈威控制弱者，並聽從靈威高於自己的強者。他們的戰鬥經驗少得可憐，一旦對上實力與自己相當的敵人，往往醜態百出。

但札庫雷爾不一樣。

在札庫雷爾的領地裡，一旦有怪物出現，身為領主的他總是站在最前線。日常方面的鍛鍊也從不懈怠，每天規定的訓練功課若是沒有完成，隔天就會加倍補齊。

札庫雷爾很清楚自己的極限。他知道自己的才能比不上莎碧娜或亞爾卡斯這樣的怪物，所以用名為努力的不起眼土石填補這段差距。不同於那些醉生夢死的腐朽貴族，札庫雷爾總是與士兵們一起站在最前線，因此他的戰鬥經驗極為豐富。

眼前的惡劣局面，札庫雷爾早就預料到了。

如果庫布里克公爵真的晉升王級，那他就算動用了魔操兵裝，也絕對贏不了對方，就像他絕對贏不了莎碧娜一樣。

札庫雷爾的目標，是讓庫布里克公爵受傷。

對方再怎麼說也是年齡超過九十歲的老人，就算保養得宜，身體情況也不可能比得上年輕人。一旦受傷，治療起來需要花費更多時間，若是傷勢嚴重一點，甚至可能就此殞命。庫布里克公爵就像是一把用玻璃打造的劍，既鋒利又脆弱。

然而，要讓王級魔法師負傷沒那麼簡單。

王爵的魔力領域比公爵寬闊數倍，若是對方打著貫徹遠程攻擊戰術的主意，恐怕札庫雷爾會被戲弄至死。

事實上，情況確實是如此發展的。

根據札庫雷爾的判斷，庫布里克公爵的閃焰之型最長射程約五百公尺，這樣的射程已經跟穿弓之型沒什麼兩樣了。

札庫雷爾已經陷入絕境。

但是，他還有名為經驗的武器。

從庫布里克公爵主動衝過來的那一刻，札庫雷爾就開始在布局。

他一邊四處逃竄，一邊以穿弓之型牽制敵人。乍看之下是無用的垂死掙扎，其實目的在於麻痺對方的戒心。

在持續了將近兩分鐘的追逐戰後，札庫雷爾突然急停，接著轉身一口氣對庫布里克公爵射出多達九道的火柱。

這是經過精心計算的絕妙反擊。

首先是飛行軌道。

札庫雷爾到後面故意將自己的移動方式限定為直線，誘導對方也以直線路徑追逐自己。如此一來，對方會因為習慣了直線運動，來不及轉向閃避。

其次是火柱本身。

札庫雷爾先前的火柱攻擊全都有所保留，直到這次才是真正全力施為。威力更強、速度更快，而且射擊時還特地計算角度，讓火柱組成了巨大的火焰之壁。

庫布里克公爵果然上當，面對突如其來的火焰之壁，他根本來不及閃躲。

然而——他也無須閃躲。

就在下一瞬間，青焰疾閃。

毫無漏洞的火柱之陣，就這樣被閃焰硬生生撕裂開來。

庫布里克公爵在一秒之內連續發動了四次閃焰之型，並且巧妙地攻擊同一個地方。

如此精微的操魔技術，證明了庫布里克公爵絕非那種耽於逸樂的腐朽貴族，而是久經戰陣的勇者。

好不容易營造出來的反擊機會，就這樣被對方輕易打碎。

「捉到了。」

面對如此絕境，札庫雷爾卻笑了出來。

札庫雷爾這個姓氏與庫布里克一樣，同屬於歷史悠久的名門貴族。他們的特殊型魔法「燃空之型」能夠為各種魔法附上額外的火焰力量，名聲極為響亮。

沒有人知道，札庫雷爾家族其實還隱藏著另一個特殊型魔法。

跟「燃空之型」比起來，這個特殊型魔法其實更像戲法。它的優點在於出其不意，但是若被敵人見過一次，就很難再派上用場。因此札庫雷爾一族的歷代家主一直沒有使用它。一部分原因是為了保密，另一部分原因是「燃空之型」本身就已經夠強了，沒有動用另一張底牌的必要。

這張底牌叫做「蛇曲之型」，是一種能夠讓魔力彈的射擊軌道任意轉向的魔法，其原理在於控制魔力的流動。札庫雷爾一開始所使用的火焰漩渦，也是借用了這個魔法的力量。

被撕裂的火柱沒有變成逸散的魔力流，而是在周圍不斷回旋。

魔力流再次燃燒。

瞬間，火焰之渦再次捲起，將札庫雷爾與庫布里克公爵一同吞沒！

於是所有人都看到了這一幕。

無比燦爛，卻又無比凶惡的火焰漩渦，在空中咆哮怒吼的姿態。

火焰漩渦的存在時間並不長，大約只有短短十來秒。隨著時間的經過，流動的火焰逐漸變小，最後化為點點火星，徹底消融於空氣中。

最後，只剩下兩道小小的身影。

札庫雷爾已經解除了魔操兵裝。現在的他，只剩下最後一點用來飛行的魔力，距離靈魂安眠只差一步。雖然外表毫髮無傷，卻也無力再戰。此時，恐怕就連最低階的騎士都有辦法取他性命。

但沒有人會責怪他。

證據就是，那個站在札庫雷爾面前的老人。

庫布里克公爵的模樣可謂狼狽至極。此時的他衣不蔽體，鬍子與頭髮也被燒個精光，渾身多處皮肉焦爛。這樣的傷勢出現在一個年輕人身上都嫌太過嚴重，更何況是一個高齡超過九十歲的老人。

「——我輸了，庫布里克。可是，你也沒贏。」

札庫雷爾用疲憊不堪的聲音，對敵人如此說道。

庫布里克公爵的燒傷沒有數月絕對治不好，要是一個不小心引起什麼併發症，就這樣死去也不是不可能。當然，製造出如此局面的自己將成為對方洩憤的對象——換句話說，他必死無疑。

然而札庫雷爾的犧牲絕對不是白費。有了這段時間的緩衝，亞爾卡斯與里希特必定能夠接回真正的女王。

這就是赫伯特．札庫雷爾的覺悟。

用自己的性命，換來莎碧娜回歸的希望。

「動手吧。趕快回去治療，否則會沒命哦。」

札庫雷爾冷靜地說道。他已經接受了自己即將死亡的事實。

就在這時，札庫雷爾突然感到眼前一花，緊接著脖子被牢牢扣住。他花了一秒鐘察覺發生了什麼事——庫布里克公爵突然衝到他面前，掐住他的脖子。

札庫雷爾下意識地用雙手反抓對方的手臂。

然而任憑札庫雷爾如何用力，庫布里克公爵始終沒有鬆手。

（——這是？）

（這股力量是怎麼回事？這是一個九十多歲又身負重傷的老人能擁有的力道嗎？他被燒傷的地方難道不會痛嗎？還有，對方手指的溫度為何如此冰冷？）

札庫雷爾腦中迅速閃過數個疑問，但這些疑問很快就被一道竄入耳中的聲音所驅散。

「赫伯特．札庫雷爾，你給了我一個大驚喜。」

札庫雷爾猛然瞪大雙眼。

那不是庫布里克公爵的聲音。雖然已有數年未見，但他不可能認錯。

「本來還以為可以輕鬆解決。被你這樣一搞，這個傀儡就不得不暫時隱居幕後，否則將會惹人起疑。你可真是給我出了個難題呀。」

仔細一看，眼前的庫布里克公爵的嘴巴根本沒在動。那麼這道聲音是從哪來的？還有，對方為何一直面無表情，眼神毫無光輝？

「沒辦法。這個空缺，只能用你來填補了。雖然又要再多花些時間，不過有兩個偽王在手邊，總比一個來得安全。」

掐住脖子的手指緩緩收緊力道。札庫雷爾無法呼吸，臉色漲紅。他立刻醒悟到，對方打算讓他窒息而死。札庫雷爾拚命掙扎，他試圖反扭對方的關節、重擊對方的臉部、用腳攻擊對方的胯下要害，但是都沒有用。庫布里克公爵簡直就像是死人一樣，對他的攻擊毫無反應。

「不好意思，因為要做成傀儡的話，屍體最好保持完整，所以只能用這個方法了。對了對了，你知道嗎？窒息而死的人似乎都會失禁哦。堂堂公爵，這種死狀未免太難看了，不過沒辦法，誰叫你給我出了一個大難題，只好用這種方法收回點利息。」

札庫雷爾沒有聽清楚對方說了什麼，他只覺得頭腦發脹，視野變得一片模糊。肺部彷彿在哀號，哭求著再多給它一點空氣。

就在這時，鎖住脖子的鐵箍突然鬆開了。

「唔——？」

同時響起的，還有夾帶著驚愕的聲音。

從死神手中逃過一劫的札庫雷爾立刻後飛，他一邊用最快的速度遠離對方，一邊貪婪地大口呼吸。

然後他看到了。

一位穿著全身重鎧的黑色騎士占據了自己原先所待的空間，與傷痕累累的老公爵彼此對峙的畫面。

《打工勇者06》完

後記

總算，故事來到了第六集。

我本來就不是一個寫書很快的人，尤其在擺脫了學生身分後，可支配的時間反而神奇地變少了，因此每次新書的出版間隔總是有點久。對各位願意耐心等待的讀者，容我在此致上十二萬分的謝意。

在寫第六集的時候，正值春、冬兩季交替的時刻，而且今年的天氣特別詭異，忽冷忽熱，身邊的人一個接一個的感冒了。往年的我每到這個時節，總是會受到傳說中的上呼吸道感染之神（？）的感召，張開雙臂熱烈擁抱各種發燒、咳嗽、鼻水等負面狀態。奇妙的是，這位邪神似乎對我失去了興趣。真希望下半年祂也能繼續無視於我的存在，繼續朝著除了我以外的對象散播大愛。

這部作品預計七集完結，因此下一本就是最後一集。所有的謎團與伏筆，都會在下一集為大家一一交代清楚。

另外，特別感謝夜風大師接受我的建議，畫出了精采的彩頁。

沒錯，就是溫泉。

那是作者、繪者與讀者在無言的默契下，共同編織的絕頂浪漫。

那是不懼旁人路過時投來的白眼，一心只為追逐夢想的勇氣詩篇。

那是當你懷疑自己買了一本爛書時，用來說服自己沒有做錯的藉口。

是的，夜風大師，您的溫泉彩頁就是如此治癒人心，因此請別再說「這樣真的沒問題嗎？」這種話了，用力給它畫下去吧！

那麼各位，第七集再會！

天罪　二〇一七年五月

羊角系列 044

打工勇者 06

出版者■典藏閣
作　者■天罪　繪　者■夜風
美術設計■Aloya
總編輯　■歐綾纖
製作團隊■不思議工作室
郵撥帳號■50017206 采舍國際有限公司（郵撥購買，請另付一成郵資）
台灣出版中心■新北市中和區中山路 2 段 366 巷 10 號 10 樓
電　話■(02) 2248-7896　傳　真■(02) 2248-7758
物流中心■新北市中和區中山路 2 段 366 巷 10 號 3 樓
電　話■(02) 8245-8786　傳　真■(02) 8245-8718
ISBN■978-986-271-778-3
出版日期■2017 年 7 月

全球華文國際市場總代理／采舍國際
地　址■新北市中和區中山路 2 段 366 巷 10 號 3 樓
電　話■(02) 8245-8786　傳　真■(02) 8245-8718

新絲路網路書店
地　址■新北市中和區中山路 2 段 366 巷 10 號 10 樓
網　址■www.silkbook.com
電　話■(02) 8245-9896
傳　真■(02) 8245-8819

☞**您在什麼地方購買本書？**☜

1. 便利商店（________市／縣）：☐7-11　☐全家　☐萊爾富　☐其他________

2. 網路書店：☐新絲路　☐博客來　☐金石堂　☐其他________

3. 書店（________市／縣）：☐金石堂　☐蛙蛙書店　☐安利美特animate　☐其他____

姓名：________地址：________

聯絡電話：________　電子郵箱：________

您的性別：☐男　☐女　　您的生日：西元________年________月________日

（請務必填妥基本資料，以利贈品寄送）

您的職業：☐上班族　☐學生　☐服務業　☐軍警公教　☐資訊業　☐娛樂相關產業

☐自由業　☐其他________

您的學歷：☐高中（含高中以下）　☐專科、大學　☐研究所以上

☞**購買前**☜

您從何處得知本書：☐逛書店　☐網路廣告（網站：________）　☐親友介紹

（可複選）　☐出版書訊　☐銷售人員推薦　☐其他________

本書吸引您的原因：☐書名很好　☐封面精美　☐書腰文字　☐封底文字　☐欣賞作家

（可複選）　☐喜歡畫家　☐價格合理　☐題材有趣　☐廣告印象深刻

☐其他________

☞**購買後**☜

您滿意的部份：☐書名　☐封面　☐故事內容　☐版面編排　☐價格　☐贈品

（可複選）　☐其他

不滿意的部份：☐書名　☐封面　☐故事內容　☐版面編排　☐價格　☐贈品

（可複選）　☐其他

您對本書以及典藏閣的建議________

____

____

✌未來您是否願意收到相關書訊？☐是　☐否

感謝您寶貴的意見

印刷品

請貼
3.5元
郵票

不思議信箱
FUSIGI POST

235 新北市中和區中山路二段366巷10號10樓

華文網出版集團　收

（典藏閣－不思議工作室）